やっぱり食べに行こう。

原田マハ

毎日文庫

もくじ

朝ごはん

麺

シーフード・肉

デザート

アートとグルメ

何度でも通いたい店

欠かせない一品

やっぱり食べに行こう。

カバー・本文イラスト／上路ナオ子
カバーデザイン／芥 陽子

朝ごはん

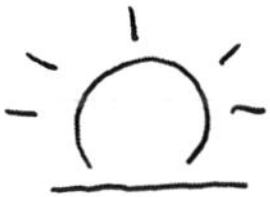

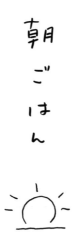

焼きたてバゲット

この五、六年は、ずっとパリ通いが続いている。『楽園のカンヴァス』の取材をするために長期滞在したのが二〇一〇年のこと。以来、十九世紀末から二十世紀初頭にかけてのパリを舞台とした「アート小説」なるものを書き続けている。世紀末を挟んで前後五十年ほどのあいだに、パリを中心として巻き起こった美術革命——印象派やピカソの登場——に、もっぱら興味が引かれるからだ。

小説を書く際には徹底的に取材をしないと気が済まない性分なので、ここがピカソの住んだところ、これがゴッホの通った道……などと、パリの街角を歩き回るうちに、すっかり取り憑《つ》かれてしまった。フランス文学者の鹿島茂さんが「パリから日本に帰国し、しばらくしてまたパリに行くと、まるで日本になど帰らなかったかのようにパリ時間が動き始める」……というようなことを書いておられたが、深く同感。いつ帰ってきても、パリはそのまんま。ゾラやモネやプルーストがかつて眺めた風景が、私を

迎えてくれるのだ。
　そんなパリで、おそらく十九世紀よりもまえから今日にいたるまでずっと、パリジャンたちに愛され続けているものがある。それはバゲット。日本では「フランスパン」という呼称のほうが一般的だが、あのパンを「フランスパン」と呼ぶフランス人はまずいない。パリでは「バゲット」「バタール」「エピ」などと、長さや形状によって名前も異なるが、一様に外側はパリッとしていて、中はもちもち、しっかり歯ごたえがある。基本的に生地に砂糖を使わないため、硬く焼き上がるんだそうだ。パリのバゲットは、いったいどうやったらこんなにパリッとなるんだろう？と不思議なくらいパリッとしている（パリだけに……）。

パリに滞在中の楽しみのひとつは、朝いちばんでブランジュリー（パン屋）にバゲットを買いに行くことだ。なんといってもオーブンから出てきたばかりの焼きたてのバゲットにかなうものはない。

2ユーロコインをポケットに入れて、手ぶらで近所のブランジュリーへいそいそと出かけていく。「ボンジュール、ユヌ・バゲット・シルヴプレ」と、顔見知りのおかみさんに声をかけると「ウイマダ〜ム」と歌うような返事が返ってくる。バゲットの真ん中にくるりと紙を巻いて、はい、と手渡され、店を出る。部屋に帰るまで待ちきれず、あったかいバゲットをその場でかじれば、パリッともちもち、ああ、おいしいっ！またパリに帰ってきた。その喜びがあふれる瞬間なのである。

朝食のスタイル

一日の食事のうち、なんといっても一番楽しみなのは朝食である。

私はふだん、朝起きたら十分後にはもう食事をしている。朝食を取らないと、何事も始まらないのである。

起きてすぐには食べられないというのが普通かもしれない。起き抜けにコップ一杯の水を飲み干すと胃腸が動き出すとも聞いたことがある。散歩や運動をしてから食べる、という人もいる。あるいは、出勤途中にカフェに立ち寄って食べるとか。さらには、食べる時間がなくていつもお昼まで食べられないとか。朝食との付き合い方は人それぞれだろう。

が、とにかく私は朝食が楽しみ。どのくらい楽しみにしているかというと、朝ごはんを美味しく食べたいから、夜九時以降は何も食べないし、夕食をできるだけ軽く済ませる。ほんとうはバランスよく一日三食、という食事の取り方が一番だとは思うのだが、かなり朝食偏重派なのである。

朝の食事は洋食のことがほとんどだが、必ず食べたいものがある。トーストとヨーグルトとコーヒー。この三つは絶対にそろっていてほしい。この中のどれかが欠けてしまったら落ち着かない。

食べる順番だって決まっているのだ。最初に一口コーヒー↓一気にトースト↓一気にヨーグルト↓コーヒー。トーストとコーヒーは「熱々」じゃないと気が済まないので、コーヒーが冷めないうちに一気に食べるのがコツ。だからコーヒーはおかわりできたほうがいい。そうしたら、最初にコーヒーカップ三分の一くらいにコーヒーを入れ、三口くらい飲んで空にしてからトーストに取りかかる。ヨーグルトをフィニッシュしたあと、カップ一杯の熱々のコーヒーをゆっくり飲む。で、朝刊に目を通す。これぞ私流の完璧な朝食のスタイル……ってたいしたことは何もしてないけど。

旅先でも、朝食はもちろん一日のメイン・イベント。ホテルや旅館の朝食会場でバイキングに参戦するのもまた楽しからずや。けれどいつも困ってしまうのは、目移りするほど豊富な料理がずらりと並んでいること。「和食」と「洋食」の二択程度なら迷わず洋食にするのだが、ときおりご当地グルメを繰り出されたりすると目移りがマックスに。「朝カレー」「さぬきうどん」「おでん」などなど。いや何も朝食でそれを食べなくても……と思いつつ、キョロキョロ。岡山のホテルでは、私の好物「木村屋バナナクリームロール」と「えびめし」が並んでいたことがあった。やっぱり、朝食が一番楽しみなのである。

熱々のコーヒー

前項で述べた通り、私は毎日、朝食を欠かさずにとる。そして食後の一杯のコーヒーを何より楽しみにしている。

私の基本的な食生活は、朝と昼はしっかり食べて、夕食は軽めに、ときには食べないこともある。できれば夜九時以降は何も食べずに眠りたいのだ。なぜかというと、朝起きたときにお腹が空いていて、朝食と食後のコーヒーがことさらに楽しみになるからである。

そこまで楽しみにするならば、さぞやコーヒーの銘柄にもこだわりがあるのだろうと思われるかもしれないが、実は全然こだわりはない。正直に告白すると「キリマンジャロ」と「コロンビア」の区別もつかない。なんとなく「ブルーマウンテン」は高級なんだろうなあ、というイメージがあるくらいだ。

しかしながら、コーヒーといえば、私にとって、それはドリップコーヒーを意味す

る。インスタントコーヒーではなく、もちろん缶コーヒーでもない。できれば挽《ひ》きたてをドリップしたコーヒーが望ましい。そしてもっとも大切なのは、「熱々」でなければならない。この「熱々」が最重要ポイントである。どのくらい重要かというと、ぬるいドリップコーヒーと熱々のインスタントコーヒー、どっちを取るか?という二択であれば、迷わず熱々のインスタントコーヒーを選ぶ。つまり、私にとって、コーヒーを飲む際にもっとも重んじられるのは、とにかく「熱々」、その一点に尽きる。

さてパリのコーヒー事情である。パリのカフェといえば、私はもともと、こんなイメージを抱いていた。——マロニエの枯れ葉舞うテラス席で、映画「アメリ」に出てくるような小粋なマドモワゼルが、おしゃれなカフェ・オ・レボウルを両手で持ち上げて、白い息を吹きかけながら、熱々のカフェ・オ・レを飲む……。いやしかし、実際パリのカフェを日常的に利用していると、カフェ・オ・レボウルでカフェ・オ・レを出されることはないし、そもそも「カフェ・オ・レ」は「カフェ・クレーム」と呼ばれているし、実際にはコーヒーがさほどおいしくない、ということがわかってきた。私の店の選び方がまずいのかもしれないが、カフェでコーヒーを頼むと、三回に一回は「ぬるい」コーヒーが出てくる。あまりにも頻繁なので、最近は、注文するときに「トレ・トレ・ショー」（めっちゃ熱いの）と付け加えることにしている。するとこんどは舌がやけどするほど熱いのが出てくる。あまりロマンティックじゃないパリのカフェ事情なのである。

上高地のパンケーキ

私は長野県の蓼科《たてしな》在住である。と言いつつ、一年の三分の一くらいの在住者であることを白状しておく。三分の一が東京とその他国内地方都市、三分の一がパリとその他海外、そして三分の一が蓼科、というバランスで滞在先を常々変えている。それが人生の活力にもなっているし、小説やエッセイのアイデアを与えてくれている。

それぞれの場所にそれぞれのよさがある。もちろん、「これはちょっとなあ……」というネガティブな部分もあるのだが、私は自分がここと決めた滞在先や行き先では、その「いいところ」しか見ない。だから、自分のいる場所や出かける場所は、大好きな場所だし、そこにまた帰ってくるのが楽しみになる。

ときおり、それぞれの場所を比較することがある。たとえば、パリや東京にくらべると蓼科の自然はすばらしい。蓼科にくらべると東京にはおもしろい店がたくさんある。東京にくらべるとパリの美術館は圧倒的にコレクションが充実している……などなど。で、それぞれにくらべてみても「やっぱりここはいいところだ」とポジティブに結論するのである。

先だって、大阪の旅友・御八家《おはちや》千鈴《ちりん》とともに、女ふたり旅「ぼよよんグルメ」(ぼよよ〜んとグルメを楽しむ旅。略してぼよグル)をするべく、長野県の上高地へ行ってきた。目指すは歴史と伝統を誇る老舗ホテル、上高地帝国ホテル。大学生の頃、バイト先のアートショップのオーナーが、ご主人とふたりでこのホテルに泊まりに行ったとかで、どんなにすばらしいかを切々と語られ、「いいなあ……」と指をくわえて憧れていたものだが、ようやく念願かなって宿泊することに。「人間、あきらめなければなんとかなるものだ」と実感。

上高地はマイカー規制もあって、空気の清らかさはほとんど天上的。蓼科の空気だって清澄なのだが、上高地の空気は別格。都会から来た人々は、逆に肺が「え? 何これ!?」とびっくりしてしまうんじゃないか……なんて思うくらいだ。

ここでの名物はなんといっても朝食のパンケーキ。「食べなきゃ来た意味ない」と千鈴のイチオシもあって、注文してみた。三層になった熱々のパンケーキに、バターを塗り、メープルシロップをとろりとかけて……ふわっふわの口あたり、上品な甘さは、まさに天上的。この地の空気、水、光、すべてがこの一品を引き立てている。また絶対に帰ってこよう、上高地。自然を満喫するために、プラス、パンケーキのために。

バターたっぷり

全国的なバター不足が続いている。蓼科でスーパーに行くたびに、バターの陳列棚に「おひとりさま一点まで」という貼り紙が出されてあるのを「なんでだろう?」と不思議に思っていた。東京のスーパーでも同じ光景を目にしたことがある。いったい何が起こったのだろうか。

風評では「夏が暑すぎて乳牛の乳の出が悪く生産量が落ちた」とか「酪農家の数が減って出荷が間に合わない」とか「スイーツの消費量が急激に増加した」とか、まあいろいろに言われていた。調べてみると、バターの消費量はここ数年安定しているのだが、生産量が落ちているということに起因しているのは事実のようだった。ならば輸入すればいいのではないか、という考え方もあるだろうが、そうはいかない。バターはチーズなどのほかの乳製品に比べて、関税が高いのだそうだ。これは安価な輸入品に市場を占められてしまわないよう、国内の酪農家を守るための国策でそうなってい

るとのこと。消費者に安定的に供給するためには関税を下げて輸入品を増やすのがよいのだろうが、そうなると割高な国産品が市場から駆逐されてしまうかもしれない……ううむ、いったいどうすれば……とこの問題は本書で語るには文字数が足りないので、いったん棚の上に上げるとして。

私の場合、朝食はほぼ百パーセントパン食で、旅先のホテルの朝食バイキングでもパン食を貫いている。なぜかといえば、バターをたっぷり塗った熱々のトーストが何より好きだからである（やはり熱々がポイント）。

そんなこともあって、おいしいパンはどこにある？と常日頃探しているのだが、おいしいバターはもっと血眼になって探している。しかしいま、日本においてはバターのブランドにこだわる余裕がない。ゆえに、パリに来たときにはここぞとばかりにバターハントをしている。

パリのスーパーの乳製品の陳列棚はありとあらゆる種類とブランドのバターのオンパレードである。「種類って?」と思われるかもしれないが、「無塩」「ハーフソルト」「スモーク」「海藻入り」「いちじく入り」「アーモンド入り」などなど、バラエティに富んでいる。あれもこれも、とついつい買い込んでしまう。目下のお気に入りは「スモーク」。これを焼きたてバゲットに塗ると、ほのかにスモーキーな味と香りが漂って絶品。元気に一日を始められるのだ。

スペインの揚げパン

『暗幕のゲルニカ』は、誰もが知っているピカソの傑作絵画〈ゲルニカ〉にまつわる物語で、ふたつのパートで構成されている。一九三七年、第二次大戦前夜のパリで、ピカソが〈ゲルニカ〉を制作することになったいきさつを描いた二十世紀パート。そして、二〇〇一年九月十一日にアメリカで起こった同時多発テロを起点に、ピカソの展覧会を開催しようと奔走するニューヨーク近代美術館のキュレーター（学芸員）がとある事件に巻き込まれる二十一世紀パート。これらふたつのパートが交差しつつ展開する。

『楽園のカンヴァス』を書いて以来、私は美術史をもとにしてフィクションを構築する、という手法でアート小説を手がけてきた。

まず史実の部分に関する文献や資料を調査し、その上で詳しく取材を行う。小説を書き始めるまえの「基盤作り」はもっとも大切な作業。なぜなら、思いっきりフィク

スペイン、町場のスイーツ男子
リッツ改修終わったな
時が経つの早いな

ションを積み上げてもびくともしないほどしっかりした基盤を作らなければ、物語がどこかで破綻してしまうからだ。

だから徹底的に取材に行かなければならない。旅をしなければ。おいしいものをやっぱり食べに行かなければ！

というわけで、『暗幕のゲルニカ』を書き始めるまえも、「ワールド・ツアー」と（自分で）冠して、ニューヨークからスペインのマドリード、マラガ、ビルバオ、ゲルニカ、バルセロナ、そしてフランスのパリと約一カ月間旅して回った。

マドリードは十年ぶりに訪問。そのときは「取材だから」と大奮発して、作中にも登場する名門ホテル「リッツ」に泊まった。旅先の楽しみのひとつは朝食。「リッツ」

なんだし、エレガントに決めていかなければ！と必要以上に朝っぱらからおしゃれして、いそいそとレストランへ。ここの朝食の名物は揚げパン、チュロス。熱々（やっぱり重要）の揚げパンに、チョコレートをとろりとかけてかじる。ハフッ、あまッ！スペインの人々は、朝っぱらから甘々なのである。幸せの甘い朝食。スペインでの取材を彩ってくれた。

マンハッタンのドーナツ

『暗幕のゲルニカ』『楽園のカンヴァス』『モダン』の中の重要な舞台のひとつとして、ニューヨーク近代美術館（MoMA）が登場する。アメリカはもちろんのこと、世界を代表するモダン・アートの殿堂である。

MoMAは一九二九年に開館。当時は「前衛的」と呼ばれ、最先端の現代アートだったモダン・アートの作品を世界に先駆けて収集・展示する美術館として注目を集めた。つまり、開館当初は現代美術館だったわけである。そのときはまだ、モダン・アートとは何か、きちんとした定義もされていなかった。MoMAは、世界初の「モダン・アート」を名前に冠した美術館となったわけである。

二〇〇〇年のこと、私は当時勤務していた森美術館準備室から派遣されて、約半年間という短期間ながら、MoMAで働いた経験がある。そのとき、数年後にオープン予定だった森美術館とMoMAはプログラムの提携をしていた。人的交流の一環で、私はリサーチャーとして送り込まれたのだった。

ピカソやルソーが大好きだった大学生の頃から憧れ続けた美術館に、期間限定ではあれ、通勤することになった。なんという幸運だったのだろう。いま思い出しても感動が込み上げてくる。

マンハッタンのソーホーというエリアにアパートを借りて、地下鉄Eラインでミッドタウンの五十三丁目にあるMoMAに通った。その翌々年に美術館の建物を丸ごと建て替える予定で、MoMAは一時期マンハッタンに隣接するクイーンズ地区に移ることになっていた。アメリカ人名建築家、フィリップ・ジョンソンが増築を手掛けた、いかにも「モダン」と呼びたくなる建物に通うことができたのも、また大変な幸運だった。

MoMAに通っていた頃、美術館付近に出店していた移動式コーヒースタンドで、ドーナツとコーヒーの朝食を買った。地下鉄の駅の出入り口の真ん前に出店しているものだから、むさくるしい駅の構内から出てきてすぐ、つい買いたくなってしまうのだ。

私のチョイスはいつも同じで、砂糖がけのシンプルなドーナツと、ブラックコーヒー。これをかじりながら、MoMAの職員用通用口まで徒歩三分。館内に入るまでに食べ切ってしまおうと、いそいでぱくぱく。口の中に甘い余韻を残しながら「グッモーニン！」と元気よく入っていく。

マンハッタンの夏の朝を思い出すと、いまも口の中がほんのり甘くなる。

ニューヨークのベーグル

私がニューヨーク近代美術館（ＭｏＭＡ）に勤務していたのは、二〇〇〇年の夏のこと、約六カ月の赴任期間であった。その間のニューヨーク食体験の偽らざる印象は、値段と味のレベルは比例している——ということ。要するに、安くないお金を払ってそれなりの店に行けば、そりゃあおいしくないはずはない、という感じなのである。つまり、日本の定食屋のように「安い、早い、うまい」の三拍子が揃った店にはなかなか行きあたらなかった。そのどれかが欠けている店はたくさんあったのだが……ひょっとすると、当時の私の食事運があまりよくなかったのかもしれない。

が、ニューヨークの食べ物で、何よりも安くて早くてうまいものがある。そして、これぱっかりは世界のどこでも食べられない、まちがいなく世界一だ！と私の中で「世界一認定食」となった食べ物。それはベーグルである。

日本でも、最近は街角でベーグルショップを見かけたり、パン屋で売られているのをみつけたりすることが増えた。もちろん、日本で食べるベーグルもおいしい。しかし、ニューヨークのそれは別格である。ほんとうに、何がどうしてこうなったんだろう？とその秘密を探ってみたくなるほど、魔法のようにおいしいのである。

ニューヨークベーグルのおいしさの決め手は、歯ごたえにある。一般的なパンと違って、ベーグルは、バター、卵、牛乳を使わずに生地が作られ、一度ゆでたあとにオーブンで焼く。この製法が、独特のもっちりした歯ごたえを生み出しているのだ。

マンハッタンには一ブロックごとにデリ（食料品などを売る雑貨店）があるのだが、どこのデリに行っても必ずベーグルがある。プレーン、セサミ、オニオン、ポピーシード、クランベリー……色々な種類のベーグルがガラスケースにずらり。朝とランチタイムには、簡単な食事を作る料理人が店先にいて、卵料理やホットサンドイッチなどを注文できる。私の定番は「トーストしたオニオンベーグル、バター付き」。これを早口で注文するのがマンハッタン流。最初はもじもじして素早く頼めなかったが、任期を終えて帰国する頃にはすらすらと注文できるようになった。

いまでもニューヨークに戻って、最初に行くのはデリ。「トースティッド・オニオン・ベーグル・ウィズ・バター・プリーズ！」。ニューヨークに帰ってきた！と実感する瞬間だ。

純喫茶のモーニング

いまの若い方々には「何それ？」と言われてしまいそうなのだが、我が国には「純喫茶」という呼称がつく由緒正しき喫茶店が存在する。

何がどう由緒正しいのかといえば、「喫茶」の上にわざわざ「純」と付くのだから、由緒正しいに決まっている。そんじょそこらの喫茶店とは違うのよ、という気概が感じられるではないか。

では、そんじょそこらの喫茶店と純喫茶はどう違うのか――と問われれば、そこのところはツッコまれると非常に困るポイントなのである。

昨今、ちまたにあふれるコーヒーショップのチェーン店やおしゃれカフェの登場に押されて、その存在を確認することが難しくなりつつある純喫茶。いったい、いつごろから登場したのだろう。詳しいことはわからないが、少なくとも私の子供時代には、どんな街角にもひとつやふたつ、必ず存在していたように思う。

私は東京の郊外にある小平市の生まれで、学園西町というところで成長した。小学校低学年の頃の思い出で忘れられないのが、純喫茶のモーニングなのである。

　月に一、二回ほど、日曜日の朝、父に連れられて駅の近くの純喫茶にモーニングを食べに行った。入り口には小便小僧の小さな噴水があり、ちょぼちょぼと小僧さんの先端から水が流れていた。薄暗い店内とクラシック音楽のＢＧＭ。おじさんたちがタバコをふかしながら朝刊をめくっている。私と兄はテーブルをはさんで父の向かい側に座り、どきどき、わくわくしながら、バターがたっぷり塗られた厚切りのトーストとゆで卵、そしてミルクが入った甘い紅茶を飲んだ。父が言うには、「朝九時までに店に入れば、コーヒーか紅茶にトーストとゆで卵が付いているからお得なんだ」と。どうして朝九時までにお店に入ったら、タダでトーストとゆで卵が付いているのか……子供心には謎だったが、とにかく、私にとって純喫茶の定義とは「入り口に小便小僧」「薄暗い」「クラシックが流れている」そして「九時までに入店するとコーヒーか紅茶にトーストとゆで卵が付いてくる」ということになった。

純喫茶のモーニングは、私が体験した初めての「大人の味」なのである。地方へ旅をすると、ホテルの朝食を取らずに、ときには町中へ出かけてみる。おしゃれカフェではなく、モーニングを出してくれる純喫茶を探して。みつけたときには小躍りしたくなる。入り口で小便小僧が待ち構えている店は皆無ではあるものの。

ザ・サヴォイのオムレツ

真冬のヨーロッパへ舞い戻った。

大寒波が押し寄せる日本列島からパリに到着した日、小雪がちらついていた。

到着の翌日、例によってユーロスターに乗り、即ロンドンへ。パリの北駅からロンドンのセント・パンクラス駅までは二時間十五分ほど。東京から大阪へ行くような気分で、結構気軽に旅できるのだ。

このところ、ロンドンへは年に二、三回ほど出かけていた。というのも、私にとっては初めての試みで、十九世紀末のロンドンを舞台にした小説『サロメ』を執筆していたからである。

本作の主人公は、戯曲家で作家のオスカー・ワイルドと、世紀末ロンドンにまさしく彗星のごとく現れた画家、オーブリー・ビアズリー。このふたりの愛憎劇を、ビアズリーの実在の姉、メイベルの目線で描いた。足かけ三年の連載を終え、出版されたのだが、実在の芸術家たちを登場させつつフィクションを構築した。いつも通り、どこからどこまでがフィクションなのか、線引きはあえてあいまいにしている。

アートをテーマにした小説を書くときにいつも心がけていることは、いかにも「これはほんとうにあったことかもしれない」と感じていただけるように書くこと。ただし、実在のアーティストが登場する場合は、彼らに対するリスペクトと愛情を決して忘れない。そうすることによって、読者がアートに対して興味をもち、自分自身でもっと調べたり、美術館に出向いてくれたりすればと願いを込めている。

『サロメ』作中にロンドンの名門ホテル「ザ・サヴォイ」が登場する。劇場やレストランを併設するこのホテルは一八八九年の創業、ワイルドが恋人との密会に使った場所だという。私は何度かこのホテルを取材したが、朝食のメニューに「ホワイトオムレツ」というのがある。健康志向のゲストのために卵白だけで作ったライトなオムレツだ。これがクセになるおいしさ。見た目は真っ白で、ナイフを入れるとふわふわ。淡泊な味ながら、心なしかエレガント。新しいもの好きのワイルドもひょっとしてこれを食べたかも、と妄想をたくましくすれば、いっそう味わい深い。優雅な朝の逸品である。

美術館のマフィン

パリはいつ来ても何かしら「お！　これ観たい」と思う展覧会が開催されている。

私の場合、旅をするときには、美術館が目的地になることも多いので、旅行のまえに現地の展覧会情報をウェブでチェックしていく。が、パリは違う。とにかく行ってしまってから、どんな展覧会が開催中なのかをチェック。すると、いつも「お！」となるのだ。いや、ほんとうに。

二〇一六年末、モスクワとサンクトペテルブルクに取材に行くまえに、パリに立ち寄った。そこで驚いたのは、ルイ・ヴィトン財団で「シチューキンコレクション展」を開催していたことである。実はモスクワとサンクトペテルブルクへ行く目的は、プーシキン美術館、エルミタージュ美術館それぞれを訪ね、伝説のロシア人コレクター、セルゲイ・シチューキンのコレクションについて取材をすることだった。両都市に行く前に、パリでそのコレクション展を観るとは、なんという巡り合わせだろうか。

モスクワ在住の大富豪シチューキンは、十九世紀末から二十世紀初頭にかけて、パリに頻繁にやって来てはモダンアートの作品をどんどん買った。モネ、セザンヌ、ゴッホ、ゴーギャン、マティス、ピカソ……当時はまだ評価されず、購入するには勇気が必要な画家たちの作品。それをシチューキンはものすごい勢いで買い集めたのである。

シチューキンはロシア革命後にパリへ逃れ、コレクションは政府によってモスクワとサンクトペテルブルクに二分されて、二度とひとつに戻されることはなかった。

――だからこそ両都市に観に行こうとしていたのだが、なんとパリに「里帰り」し、ひとつに戻されていたのだ！

言うまでもなく展覧会は圧倒的にすばらしいのひと言。展覧会スタートから四カ月以上が経っても、予約券は完売、当日券での入場は二時間待ち。が、チケットにあぶれたアートファンのために、美術館が小粋な企画を準備してくれた。その名も「モーニングシチューキン」。朝八時から開館し、来場者に朝食を振る舞おうというのである。

私は、この企画の初日のチケットを予約して再訪した。ロビーでは焼きたてのマフィンと淹《い》れたてのコーヒーが振る舞われ、誰もが顔を輝かせていた。まだあたたかい、ほんのり甘いマフィン。なんておいしいんだろう。アートと朝食の相性がこんなにいいなんて。ていうか、美術館で朝食が食べられるなんて。やっぱりパリは特別な街だ。

イスタンブールのヨーグルト

「これがないと朝食がキマらない」と密《ひそ》かにマークしているのが、ヨーグルトである。いつの頃からだろうか、ヨーグルトは日本の食卓に「もうずうっと前からここにいました」というような顔をして座っている。朝食という舞台においては、トーストのようにピンで立つ主演俳優ではないが、味のある名脇役、と言ってもいい存在である。

私が子供の頃、ヨーグルトというものは決まってびんに入っていた。牛乳びんに比べるとずんぐりむっくりしたびんで、スプーンをカチカチいわせて底の隅の方まで徹底的にすくって食べたものだ。けっこうしっかり固まっていて、独特の甘酸っぱい風味があったが、いまや市販のヨーグルトは紙かプラスチックのカップに入れられて、食感もとろとろが主流になっている。風味もバナナ味とかイチゴ味とかバニラとか、バラエティーに富んでいて、食べ方もシリアルと混ぜたりフレッシュフルーツにかけたり、さまざまだ。それでもヨーグルト本人は、「どんな私でも本質的には変わらない私です」と言いたげだ。まあそうだろうけど。

　ヨーグルトが食卓に加わっているのが当たり前になって、もはや珍しさを感じることもなくなっていたあるとき、ヨーグルトというものの底力を見せつけられる体験をした。

　二〇一三年の夏、トルコのイスタンブールに長期滞在をした。イスタンブールを舞台にした小説を書くためである。トルコのいいところは枚挙にいとまがないが、食事のすばらしさには圧倒された。世界三大料理のひとつにトルコ料理が数えられている理由は、行ってみればよくわかる。豊富な食材と調理法で、とにかく飽きない。私は朝昼夜三食ずっとトルコ料理で三週間過ごしたが「もう十分」と一度も思わなかった。

　そして、トルコは実はヨーグルト大国。市場に行くと大きなバケツのような容器でフレッシュなヨーグルトを売っている。料理にもヨーグルトを使っているが、瞠目《どうもく》だったのは「甘くないヨーグルトドリンク」だった。無添加のヨーグルトと氷をミキサーにかけて作るアイスヨーグルトドリンクは絶品。飲むまえに塩を一振りすると自然の甘さが引き出される。私はこれを夏じゅう飲んで夏バテをしなかった。日本に帰ってきたら、ヨーグルトが全部甘くて逆に衝撃。今年の夏もあの味を自宅で再現しよう。

麺

作家か、人気ブロガーか

旅友・御八家千鈴と私は、この十数年、年に三、四回のペースで、ぼよよ～んとグルメを楽しむ旅「ぼよグル」を実施してきた。あちこち回っているうちに、ついに四十七都道府県を制覇してしまった。

彼女と私の付き合いは、関西の大学の一年生の頃から始まったのだから、ゆうに三十年を超える。彼女は兵庫県芦屋市在住、大阪の証券会社勤務で、私は物書きをしつつ東京と長野の家を行ったりきたり。西～南は千鈴担当、東～北は私担当、というおおざっぱなくくりで、旅の際にはご当地グルメスポットを探す。私は、旅先ゆかりの作家のエッセイや小説などをまず読んで、その中に登場する食事や店を訪ねてみたく、旅程の中に組み込む。「池波正太郎が真田太平記を書くときに通った蕎麦屋」なんていうのは、かなり好み。

千鈴はといえば、初めのうちは一般的な旅のガイドブックを情報源にしていたのだ

が、最近ではもっぱら「おしゃれな一般人のブログ」をもとにリサーチをかけている。おしゃれに旅をしているＯＬの誰かさんや、旅先在住のおしゃれ主婦誰かさんがブログにアップしていたお店、ということで、ここは是非とも行ってみたい……という選《え》りすぐりの場所をチェックする。最近のスマホのカメラやデジタルカメラは格段に機能がアップしたから、ブログやＳＮＳには、それはそれはおいしそうに撮られたきれいな写真がアップされている。人気ブロガーのページは、なるほど、閲覧者が「行ってみた〜い」「食べてみた〜い」「いいないいな〜」と憧れと羨望《せんぼう》を募らせるようにちゃーんとできているのだ。千鈴は、まんまとその術中にハマっているのだが、彼女

のすごいところは「いいないいな〜」で終わらせず、実際に足を運ぶところである。しかも私を連れて……。

作家が通った店VS.人気ブロガー推薦の店、ということで、いずれにしても他力本願でグルメスポットを探すわけだが、どちらの場合もほぼ外れがない。が、作家が通った店のほうが、若干「あ、これはちょっと……」と期待外れなときもある。かつては作家が足繁《しげ》く通いつつも、いまは代替わりして味が変わってしまったところもあるからだろう。それでもなんでも、作家の足跡をたどって巡礼したい私なのである。

うわさの店の条件は、あの作家が通った店、あのブロガー絶賛の店、そして「ぼよグル」コンビが出没した店……なんて、いずれ加わったりして。

信州でうまいもの

私の拠点のひとつがある信州・蓼科は、そばの産地として有名である。

二〇一三年春、蓼科に拠点を定めた直後、「三食全部そばでも構わない」というくらいそばが好きな私は、「せっかく信州に移住したんだから、ここぞというそば屋を一刻も早くみつけたいものだ」と意気込んだ。

実際、私の友人知人にもそば好きは多い。「信州なら、近所においしいおそば屋さんがたくさんあるんだろうね。いいなあ」とうらやましがられたりもした。自分でそばを栽培し、自分でデザインした石臼でそば粉を挽き、そば打ちをする――というプロ顔負けのマニアックな御仁もいる。そんなそば通の友人たちを納得させられるそばを食べさせてくれる店をみつけ出さなければならない。これは、蓼科に移住した者に課せられた最重要ミッションである。

東京在住者は、信州の飲食店といえば五軒に一軒はそば店なのではないか、という妄想にとらわれているふしがある（私だけかもしれないが）。そんなわけで、移住直後から、私は血まなこになって「マイベストそば店」を見出すべくリサーチを開始した。うまいそば屋はどこだ。いや、蓼科のそば屋は全部うまいはずだ。とすれば、ベスト・オブ・ベストはどこだ。どこだどこだどこだーっ！

移住まえから「あそこはかなりうまい」と噂の店があった。いつも長蛇の列ができていて、ハイシーズンには一時間待ちはざら。しかし行かねばなるまいと、「ぼよグル」旅友の千鈴がゴールデンウィークに蓼科へやってきたとき、行ってみない？と誘った。おいしいものには目のない千鈴は、「ぜひ！」と即答だった。

私の運転する車で勇んで出かけていったのだが、なんと二時間待ち。そば一枚に二時間……が、ここまで来たら待つしかない。私たちは待った。じりじりと待った。一時に行って、ようやく店内に案内されたのは三時。ここまで待っておいしくないわけがない。あんまりお腹が空いてしまったので、天ざるに卵焼きもつけて注文した。

ところが、である。そばは、うまかった。普通にうまかった。しかし、そば以上にうまかったのが、卵焼きのほうだったのである。おそらく卵四個以上が投入された巨大なそれは、ふわふわの食感、中はとろりとして、ほんのり甘味が感じられ、真に絶品。のれんが下ろされた戸口から出てきた私たちはひと言。「蓼科の卵焼きは日本一かも」。意外な結論であった。

「うまそうな店」みつける神秘

前項で「蓼科のうまいそば」について書いた。いつも長蛇の列ができている超人気そば店で、二時間待ちで天ざると一品料理の卵焼きにありついた結果、オプションの卵焼きのほうに心を奪われてしまった——というオチであったが、実は別のオチがさらに用意されていた。この超人気店に二時間待ちで挑んだ旅友・千鈴は、「二時間待ちのそば店」に行く道すがら、別の「うまそうなそば屋」をちゃーんとみつけていたのである。

で、彼女が蓼科からの帰り際に言い残したのが、「ここに来るまでの途中にあったあの店がめっちゃ気になるから、次回蓼科に来たときには、是非ともあの店に行きたい」。もう次回に来るときに行く店も仕込んで帰る、という徹底ぶりである。我が友ながら、グルメに対するセンサーは感度抜群なので、そのあたりはいつも信用しているのである。

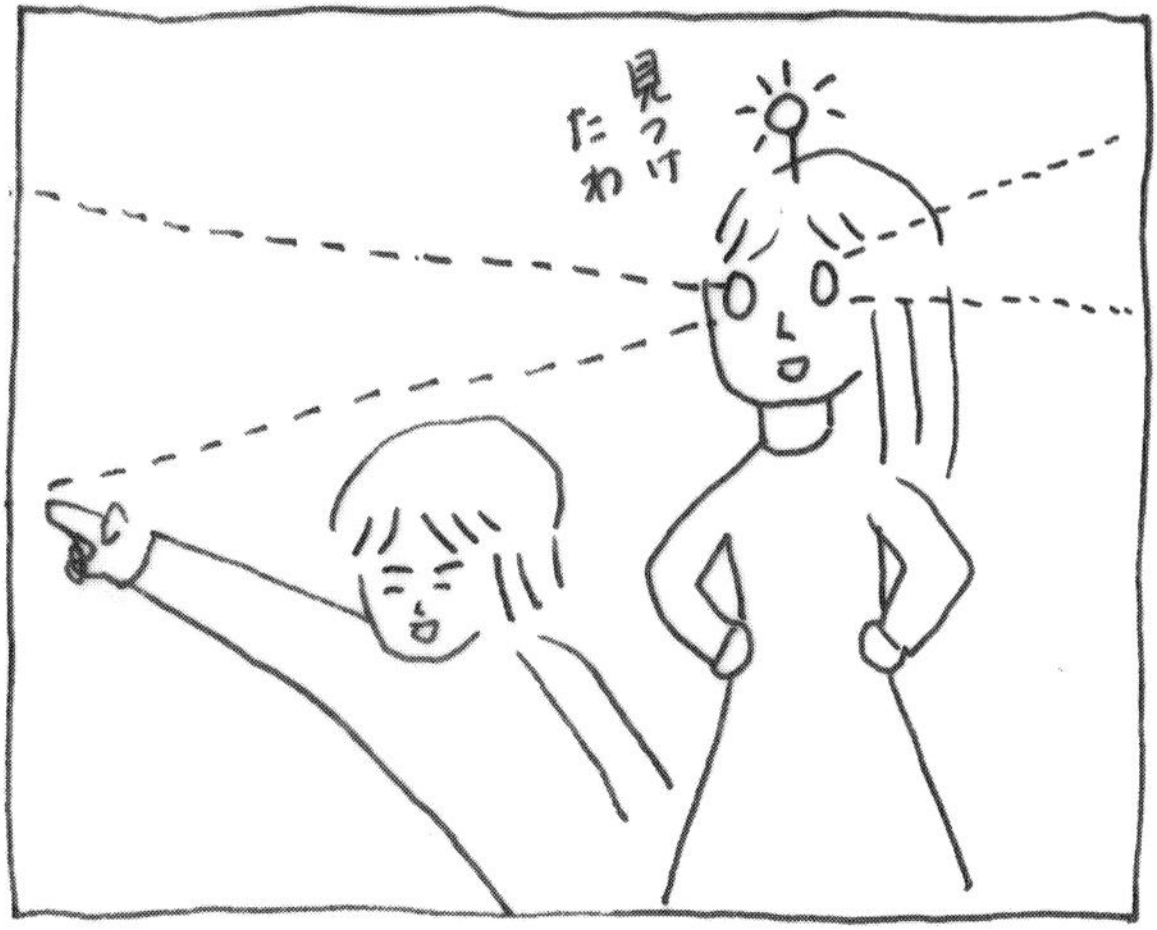

かれこれ十数年ものあいだ、私たちは、ぽよよーんとグルメする女ふたり旅「ぽよよんグルメ」を続けてきたのだが、千鈴はいつも「この店がおいしそうやわ」と迷いなく「ご当地グルメ・ここがベストだ！」なスポットを探し当ててきた。彼女がどうやって旅先で「うまそうな店」を探し当てるのか、まったくもって神秘のヴェールに包まれている——というわけではなく、ガイドブックや人気ブログで事前にチェックしていることは、以前も述べた通りなのだが、多くの場合、実は行き当たりばったりなのである。

蓼科で「いちばんうまそうなそば屋」も、まったくの行き当たりばったりで、私が運転する車の助手席に乗っていてみつけたのだった。行き当たりばったりにもほどがあるが、千鈴的には店構えが気になったらしい。そば畑の真ん中にぽつんと建っていて、かろうじて暖簾《のれん》は出ているものの、まったくやる気のなさそうな雰囲気。当然長蛇の列などはなく、やっているのかどうかも不明。客が入るのを拒むような感じだったという。運転をしていた私は、その存在に気づかなかったくらいだ。

さてグルメチャレンジャーな私たちは、三カ月後に再び千鈴が蓼科を訪問した際、真っ先にこの店を訪問した。待ち時間〇秒で入れた店の雰囲気はともかく、そばの味は意外なうまさだった。「夏そば」といって、収穫したばかりのそばの実を使った、打ちたてのそばである。香り高く、味もさわやか。正直、「二時間待ちのそば店」よりも美味であった。なんだか得した気分。そしてなんだか勝ち誇った気分であった。

パリ　麺食いの都

最近、パリが舞台の小説を書くことが多くなった。そんなこともあって、頻繁にパリを訪れている。

私がかつて美術館のキュレーターをしていた頃、時々訪れるパリでは、いつも「借りてきたネコ」のような気分でいた。食事もひとりで取ることが多く、気の利いたレストランなどに行けるはずもない。せっかく美食の都にいるのに、スーパーでサンドイッチを買ってきて、部屋でひとりわびしく夕食……なんていうこともしばしばあった。

が、パリに足しげく通うようになったいま、私の「パリの食ライフ」は、がぜん向上した。食通の友人たちが教えてくれた店に、常連顔して自分のゲストを連れて出かけることもあったりして。いまではお気に入りの店も定まってきて、食事に出かけるのが楽しみになった。

とはいえ、どんなにおいしいフレンチでも、食べ続けるのには限界がある。しばらくすれば、梅干しやしょうゆの味が恋しくなってくる。海外旅行で外食が続くと、どうしても白いご飯やラーメンが食べたくなる、という経験は、読者の皆さんにもきっとあるだろう。

当然、私もそうである。パリにしょっちゅう行くとはいっても、三ツ星レストランで食事をすることなど、一年に一度あるかないか。日々の食事も、ビストロのこってりしたソースの料理やパン食ばかりでは胃腸が疲れてくる。

そこで、とっておきの店をみつけた。パリに滞在中に週に一度は訪れる、「麺館」という名のヌードルレストランである。

この店、単なるラーメン店ではない。韓国系・中国系のヌードルを中心に、エスニックな料理が注文しやすいように写真入り・番号入りでメニューにずらり。酸辣湯麺《サンラータン》、肉味噌《みそ》麺、麻婆《マーボー》豆腐、餃子に春巻……パリでこのメニューを開く瞬間、私はいつでも体内にドーパミンが一気に発散するのを感じる。通い始めた頃は、何にしようかとメニューの隅々まで眺め渡して目が回りそうなほどだったが、いまでは迷いなく「17番」ワンオーダー。これは枝豆・高菜が入った麺で、トッピングにフライドオニオンがパラリとのっている。太めのもっちりした縮れ麺に、（化学調味料ではない）野菜ブイヨンのスープが絶妙にマッチング。私の疲れた胃袋は、この「17番」にどれだけ助けられたことだろう。

美食の都・パリは、私にとっては麺食いの都なのだ。

アチソンの焼きそば

五十三年ぶりとなる国産旅客機「ＭＲＪ」が、見事に初飛行を果たした。私はかつて、ＭＲＪに繋がっていくこととなる純国産飛行機「ニッポン号」について、史実とフィクションを織り交ぜた小説を書いた。タイトルを『翼をください』という。

ニッポン号は、毎日新聞社の社用機で、戦争が間近に迫った一九三九年、「世界一周」の偉業を果たした。この事実をもとに、やはり歴史上の人物である女性パイロット、アメリア・イアハートをモデルにした架空の女性パイロット、エイミーを主人公に仕立て、「世界はひとつ」をモットーに、大空に挑戦した勇者たちの物語を描いた。その最後に、ＭＲＪがちらりと出てくる。小説が完結したのは二〇〇九年で、そのときにはまだ「どうなるか」という感じだった。ゆえに、二〇一五年の初飛行は、あのとき思い描いていた未来がかたちになったと感じた。

が、元来、私はまったくのメカ音痴である。飛行機がなぜ飛ぶのかさえ、よくわかっ

ていなかった。その私がなぜ歴史的な世界一周飛行の話を書いたのかといえば、偶然飛行機オタクの友人によってもたらされた「ニッポン号」の史実があまりにもすばらしかったのと、デビュー直後だったにもかかわらず、取材と執筆を全面サポートしようと英断してくれた毎日新聞社の存在が大きかった。

当時から私は、徹底的な取材に基づいて書く、というスタイルを貫いていた。そこで、アメリアの故郷であるアメリカはカンザス州アチソンという町へ行くことになり、編集者のYさんが同行してくれることになった。私はニューヨークやロサンゼルスなど、アメリカの都市部には何度も行ったことはあったが、カンザスは初めて。Yさんも同様だった。

行ってみると、はるかな大地が広がる場所だった。どこまでも続く一本道、広大なとうもろこし畑。こんなところに伝説のパイロットは生まれ、大空を夢見たのか。

そして、ホテルのフロントに訊いて訪ねた町いちばんのレストラン。そこで食べたのは、チャイニーズのバイキングだった。いちばんまともそうな焼きそばを食べてみると、ぼそぼそでソースの味しかしない。言葉も出なかった。けれど、町の人々はそのレストランに集い、歓談して、おいしそうに、よく食べていた。その様子が、なんだか少しさびしく、しらじらと心に像を結んだ。

時は流れ、小説は本になり、ＭＲＪが飛んだ。時々、アチソンの焼きそばを思い出す。美味ではない、けれど不思議に心に残る味だった。

ジェノバでジェノベーゼ

その土地の名前が冠された食べ物を、その土地で食べる——というのが、旅の目的のひとつになっている。

つまり「天津丼を天津で食べる」「北京ダックを北京で食べる」「ハンバーグをハンブルクで食べる」「スパゲティナポリターナをナポリで食べる」「松阪牛を松阪で食べる」ということである。

「だったら、こんなのもある！」と思いつかれた方もおられることでしょう。ちなみに、ここに列挙した食べ物、すべてその土地で食べてみました……と言いたいところだが、天津丼だけは例外。天津に行ったとき「ついに天津で天津丼が食べられる！」と意気込み、レストランに出向いたのだが、写真付きメニューのどこにも天津丼らしきものが載っていない。どうしたことかと思い、お店のスタッフを呼んで、メモに「天津丼」と書いて見せると首をかしげ、「ない、ない」というリアクション。まさか天

津のレストランに天津丼がないとは想像もしなかった私は打ちひしがれ、それでもなんとか類似のものを食べたいと、あんかけのカニ肉入り玉子焼きとご飯を別々に頼み、ご飯の上にどさっと玉子焼きをのせて、「これぞ天津丼だ！　ついに天津で天津丼を食べたぞ！」とひとり意気揚々となったのであった。あとから調べてわかったのだが、なんと天津丼は日本の中華料理店が考案したきっすいの日本生まれの食べ物だということだった。

仕事でイタリアのジェノバに行く機会を得たとき、私が真っ先に思いついたこと。それは当然「ジェノバでスパゲティジェノベーゼを食べる！」ということである。まさかジェノベーゼは日本生まれのスパゲティではあるまい。本場で食べるジェノベーゼがどれほどのものか、試してやろうじゃないか、うむうむ……とほとんど仕事そっちのけで、ジェノバに到着するやいなや、ホテルのコンシェルジュに紹介してもらったローカルレストランを訪ねた。そして着席するやいなや、メニューも見ずに「スパゲティ・ジェノベーゼ、プレーゴ！」と頼んだのだった。

そしてついにジェノベーゼとご対面。あざやかな緑色の生パスタにはしっかりバジルが練り込まれ、バジルペーストとオリーブオイルが絡められ、少々のニンニク風味。パルメザンチーズをパラパラふりかけ、一口食べて、泣けてきた。バジルの香りが口いっぱいに広がって……これぞイタリア、ビバ・ジェノバ！とひとりテーブルで叫びそうなランチタイムであった。

バルセロナでカップ麺!?

『暗幕のゲルニカ』執筆のための取材ツアー（二〇一二年秋）の思い出話である。

二十世紀最大の美の巨人、パブロ・ピカソが生まれた国・スペインを巡る旅は、マドリード、マラガ、ビルバオ、ゲルニカときて、最終目的地・バルセロナまでやってきた。

マラガで生まれたピカソは、マドリードの美術学校で学んだ後、バルセロナへ行った。そこで画家仲間とボヘミアンな生活を享受し、やがて芸術の都・パリへと旅立っていく。ちょうど世紀の変わり目、一九〇〇年のことである。

ピカソが青春時代を過ごしたバルセロナは、見るべき文化遺産や美術館がたくさんある。モダン建築の奇才、アントニオ・ガウディ設計のサグラダ・ファミリア教会や住宅カサ・ミラ、ミロ美術館、そしてピカソ美術館。街自体もとても魅力的だ。取材の予定が詰まっていたので、市内観光できるのは半日のみ。あっちもこっちもできるだけ見たい。が、タクシーじゃ運賃がかさむし、地下鉄じゃ風景が見られない。かといって徒歩では限界がある。うーむ、どうしたものか。と、裏路地でレンタサイクルを発見。おお、これだ！とばかりに飛びついた。手荷物を預け、午後一時から六時まで五時間一本勝負！　ペダルをこいで軽快に出発。

ところが……街に出てみると、店という店すべてがシャッターを下ろし、通りには人っ子ひとりいない。いったいどうしたのだろうといぶかしく思いつつピカソ美術館へ行くと、開いているはずの日なのに閉まっている。守衛の男性に聞いてみると「ああ、今日はどこも全部閉まっているよ。ゼネストで」と言うではないか。なんとその日、スペイン全土でゼネラルストライキが決行されていたのである。ええっ⁉　そんなあ、と半べそかきつつペダルをこいでいくと、大通りの向こうからうわ〜っとデモ行進が押し寄せてくる。自転車ごと巻き込まれてしまい、全然知らない場所までデモと一緒に行進するハメに。これじゃ返却時間の六時に間に合わない！とウロウロ迷いながらどうにか帰り着き、はたと気づいた。すべてのレストランが閉まっている。はて、晩ご飯どうしよう……。

ということで、バルセロナのディナーは持参したカップ麺。ゼネストのせいでお腹ペコペコ、さあ食べよ、とふたを開けた瞬間に、はっとした。ちょっと待てよ、割り箸がない……。

で、どうしたか。ええ、食べましたよ、歯ブラシで！　はふはふ、ずるる〜っ。あ

あ、おいしいッ。我が人生で最高のカップ麺だった。

パリの白アスパラそば

またもやパリへ戻ってきた。夏の到来が感じられる六月上旬。毎年、もっともパリが美しく感じられるさわやかな時期である。

ところがどうしたことか、その年は信じられないほどの悪天候が続いていた。しかし、私は超絶晴れ女。私さえパリに行けば、からっと晴れてさわやかになりますよ！とまた、なんの根拠もない自信を胸にパリ入りしたのだが、結果、経験したこともないような雨続きの天候であった。ヨーロッパには梅雨というものがないが、まるで日本の梅雨を一足先に私が連れてきてしまった感じ。「晴れ女伝説がついに崩れてしまった……」と、無性に悔しい。が、よく考えてみたら、私の存在と天候はなんら結びついていないわけで、くよくよすること自体おかしいじゃないか！と当たり前のことにいまさら気づいた次第である……ほんとにすみません。

雨の中、日本から来客があった。私が二十代の頃からお付き合いのあるアート界の大先輩、Kさん。現代アートのサポーターとして活動してきた女性である。とてもエレガントなのに芯がびしっと通っている。そして仕事ができる。こういう人にいつかなりたいと、ほんとうに思う。

そのKさんとともに、オルセー美術館で開催中の「税官吏ルソー展」を見にいくことになった。十九世紀末から二十世紀初頭にかけてパリで活躍した画家アンリ・ルソーの決定版展覧会ともいえる好企画である。『楽園のカンヴァス』の中に登場したルソーの展覧会を大先輩のKさんと見る。うれしいけれど、ちょっと緊張もする。展覧会のまえに、ランチをご一緒する約束だったが、ここは時間がかかるビストロランチなどは避けたいところである。

ということで、サンジェルマン・デ・プレにあるそば店「yen《えん》」にお誘いした。ここは、パリで本格的な手打ちそばが食べられる貴重な店。いくらおいしいフレンチでも、何日も続くと胃が疲れてくる。胃袋が疲れた日本人をここへ何度連れてきたことか……。

季節のメニューがいつも楽しみなのだが、その時期は「ホワイトアスパラのそば」がメニューにあった。ホワイトアスパラのおひたしが、温かい麺の上にのっている。ただそれだけなのだが、シャクシャクした食感がおいしい。「旬でいいわねえ」とK

さんもご満悦。その後、雨の中、入り口の長蛇の列にふたり並んでルソー展を見た。
心も胃袋もぽかぽかで、悪天候もなんのその。

ロンドンの豚骨ラーメン

ロンドンの食事情について少々語らせていただきたい。

ここだけの話だが、実は私、イギリスでの食事に関しては、いつもあまり期待をしないようにしてきた。なにしろ物価が高い。そして為替は円に対してポンドが強い。イギリス人の感覚だと、一ポンド＝百円くらいなのかもしれないが、この二十年間で私がイギリスを訪問したときには、だいたい一ポンド＝百七十円〜二百円あたりだった。いっとき、一ポンド＝約二百二十円という驚異的な円安の時期があった。そのときには、ほんとうにすべてが高く感じられて、何も食べられない気がしたものだ。ホテルでうっかり冷蔵庫からミネラルウォーターの小瓶を取り出して飲んだら、これが一本五ポンドで、計算すると千百円。もうびっくりである。うかつに水も飲めないのか……となれば、食事はなおさら限定されてしまう。仕方なく毎日スーパーでサンドイッチを買ってきてホテルの部屋で食べる始末。飲み物などを合わせて買うとやっぱ

り十ポンドくらいになってしまう。朝昼晩、三食サンドイッチと紅茶の食事でがまんしても、五、六千円……。このときほど日本のコンビニのおにぎりが恋しかったことはない。

ところが、今回ロンドンに行って「ほお〜」とうれしくなったのは、日本のファストフードの店が、ここ数年でたくさんできたことである。ロンドン在住の日本人の知人に最近の食事情を聞いてみたところ、「そこそこの値段でおいしい日本のラーメン店がいくつもある」と言うではないか。これはぜひとも行ってみたい！と、ロンドンの中心部、ピカデリー・サーカスの付近にある博多ラーメンの店を訪れた。

まず驚かされたのは、サービススタッフ

が全員イギリス人の若者だったこと。お客の来店があると「イラッシャイマセ〜」と声を上げて、どんどん、と太鼓を叩く。するとほかのスタッフが「イラッシャイマセ〜」と唱和する。豚骨ラーメンを注文すると「フツウ？　カタメン？　バリカタ？」と麺のゆで加減を聞いてくる。「え？　あ、じゃあバリカタで……」と不意打ちに戸惑いつつ答えると「カシコマリマシタ〜」。出てきたラーメンは本格的な豚骨ラーメンで、バリバリの固ゆで麺。きくらげ、海苔《のり》、紅しょうが、ねぎのトッピングもちゃんと入って、まるで博多の屋台で食べているような気分になる。これで十ポンドは絶対安い！と、滞在中に三日連続でバリカタ麺を食べに通ったのだった。

プラットそば

ひとりで入りにくい飲食店、というと、どんな店を想像しますか？

高級な料亭やフレンチレストランはひとりではとても入りにくい。というか、そもそもひとりで行くという発想にならない。私の場合、お財布がそれを許してはくれない。

では庶民的な店ならすべてひとりで入りやすいかというと、そうでもない。逆に、カジュアル過ぎても入りにくいものである。

たとえば駅のプラットホームにある立ち食いそば屋。男性にとってはそんなことはないだろうが、女子にとってはこの暖簾をくぐるのはなかなか難儀だ。「出かけるまえにちょっと小腹が空いたから駅でランチしていこ」というとき、カフェやファストフードや座って食べられるそば店ならばともかく、プラットホームにある立ち食いそばは、女子の選択肢に入っていない。たぶん。

しかしながら、よくよく考えてみると、駅のプラットホームにある立ち食いそば店というのは、究極のファストフードスタンドではないだろうか。早くて安くておいしくて、電車が来るまでに十分くらいあれば完結するのだ。猫舌じゃない人なら五分でいけるかも。うーむ、どう考えてもすごい。すごいという気がしてきた。

実は私、人生で二度ほどプラットそば（いま命名）を体験したことがある。三十代、某商社に勤務していたときのことで、出張先の富山県富山駅の立ち食いそばと、同じく佐賀県鳥栖《とす》駅の立ち食いそばの暖簾を続けざまに突破した。その頃、そのどちらも日本プラットそば界の最高峰との噂があり、「なんとしても食べてみたい……」という好奇心のほうが勝った。

当時私はワンレン、ロン毛で太眉（以上・全部死語）、黒のパンツスーツにパンプスという、トレンドドラマにもろ影響を受けた出《い》で立ちで、果敢にも挑戦。同じく出張中らしきおじさまたちと肩を並べ、ぱらっと落っこちてくる長い髪を片手で押さえてフーフー食べた記憶がある。

味はどうだったかというと、「時間がないけどなんとしても食べたい！」という焦りと、スーツ姿の男性陣の中へひとり飛び込んだ緊張感と、「ついにやった！」という高揚感とで、あまり覚えていない。いや、この際味なんてどうでもいい。食べたことに意義があるのだ。

と、いまネットで調べてみたら、鳥栖駅で有名なのはそばでなくてうどんだったことが判明。なんてこった。もう一度、やっぱり食べに行かなくちゃ。

シーフード・肉

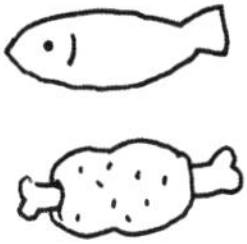

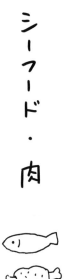

余呉の熊鍋

吹く風が冷たく感じられる季節になると、思い出す料理がある。それは、熊鍋である。

初めて熊鍋を食べる機会を得たのは、二〇一二年のこと。旅友・御八家千鈴と、「ぼよよんグルメ」に出かけたときだ。私たちは、この「ぼよグル」を年に三、四回、日本国内限定で敢行している。どんなに仕事が忙しくても「ぼよグルに行くので」とすべての予定をどうにかやりくりして、楽しみに出かけている。

そのときの目的地は滋賀県の余呉《よご》。なんでも、めっぽううまい「すし」を食べさせてくれる店があるという。そこはオーベルジュのような店で、泊まることもできるらしい。そして、噂によれば、日本中の料理人たちがその店の料理の手法と味を研究するために密かに訪れているとか。

とここまでは、すべて千鈴情報である。ほんとうに、我が友は隠れた名店を探し出す嗅覚に長《た》けている。

　大阪から新快速とローカル線を乗り継いで「余呉」までやってきた。人のよさそうな店のご主人が自ら車を運転してお出迎えくださった。車中で千鈴がご主人に「で、あの鍋はいけるんでしょうか」と尋ねる。ご主人は「さあ、それは秘密です」と、なにやら意味深長な受け答え。はて、あの鍋とは？と千鈴に訊いてみると「熊鍋やで」との答えが返ってきてビックリ。えええ、熊？　クマ食べるの？　だって「すし」がおいしいっていうから来たのに……。

　店のテーブルに落ち着き、食事のコースが始まってみて二度ビックリ。「すし」とは「寿司」でなく「鮓」であった。つまり、魚介を発酵させた食べ物のこと。もともと、寿司とは鮓のことで、保存食として作られていたらしい。だからシャリ（酢飯）付きの寿司ではなくて、発酵させたフナが出てきた。これまた珍味なのだが、美味なのである。ハチミツがひとたらししてあって、甘酸っぱい演出がしてあるのも心にくい。

　そしてコースの終盤、雪のように白い脂が乗った眼が覚めるほど真っ赤な肉が登場。これが熊肉だった。秋、近くの山でドングリだけを食べていた熊を猟師が撃ち、新鮮なうちにすばやく解体し、肉を冷凍する。それを冬に鍋にしていただくというわけだ。

食べてみて、三度目のビックリ。熊肉は甘味があり、すべてのおいしい肉の記憶がふっとぶほどにおいしかった。まさに絶品鍋。めったに食べられないだろうけど、冬が来るたびに記憶が蘇る。

ビーフストロガノフ

ところで、私はある特別なミッションに導かれて旅をすることがある。「食べ物の名前の由来になっている場所に行って、その食べ物を食べる」というミッションだ。たとえば「ナポリに行ってスパゲティナポリターナを食べる」というようなこと。これについては前述したが、今回はロシアでミッションが発生した。

年末年始のイルミネーションで華やかなモスクワを離れ、特急でサンクトペテルブルクへとやってきた。

サンクトペテルブルクは、いうまでもなく、ロシアの各時代の王朝が君臨した都市である。一九一七年にロシア革命が起こり、新政府が王朝を転覆させるまで、皇帝がましります花の都であった。かつての王朝の象徴ともいえるエルミタージュ宮殿は、いまや世界中の誰もが知っている大美術館に生まれ変わった。ヨーロッパ美術の熱心な収集家でもあった女帝エカテリーナ二世のコレクションはもとより、裕福なブルジョ

アジーだったシチューキンやモロゾフら、慧眼《けいがん》のコレクターが所有していたモダンアートのコレクションは比類ないクオリティーと圧倒的な数を誇っている。この美術館を見にいくだけでも、サンクトペテルブルクは大いに行く価値のある場所なのだ。

そのサンクトペテルブルク名物の食べ物がある。その名もビーフストロガノフ。牛肉をソースで煮込み、ライスにかけた一品。ロシア風牛丼と言ったらいいだろうか。この食べ物は、ロシア貴族のストロガノフ家伝来のものだという。そしてそのストロガノフ家の邸宅（というか宮殿）がサンクトペテルブルクに残っており、その一部がレストランに改装されていて、なんとご本家のビーフストロガノフが食べられるというではないか！

このビーフストロガノフ、発祥やオリジナルレシピについてはかなり諸説あるようで、その店がほんとうにご本家かどうかはわからない。それでも確かに貴族ストロガノフ氏の住居であり、エカテリーナ二世もお忍びで遊びにきたとか。これはもう行くしかない！

いかにもエレガントな内装のレストランで食すビーフストロガノフは、クリーミーなソースとやわらかなビーフがバターライスと絶妙に調和して、実にエレガント。エカテリーナもこれを食べたのか……と気分はすっかり女帝モード。「ストロガノフ宮殿でビーフストロガノフを食べた！」と、またひとつミッションを無事遂行。私にとっては味よりもそっちのほうが大事なのであった。

ウナギのサンドイッチ

おいしくておしゃれなイギリス料理の新しいスタイル「モダン・ブリティッシュ・キュイジーヌ」。古臭いイギリスのイメージを一新したレストランが続々オープンし、ロンドンのグルメの底力をついに思い知らされたのは、二十一世紀になってからのことだった。

当時、私は美術館のキュレーターで、いまや日本を代表する現代アートセンターとなった「森美術館」の準備室に勤務していた。森美術館は、都市開発企業である森ビルを母体とした文化施設で、森ビル前社長、故・森稔氏が提唱した「六本木を文化都心に」とのコンセプトのもと、六本木ヒルズの開発の目玉として開設された。私は美術館立ち上げの時期に森ビルに勤務し、日常的に森さんの薫陶を受けることができた。ほんとうに刺激に満ちた日々であった。

森さんと佳子夫人（現森美術館理事長）とともに、世界各国の美術館を視察旅行で

訪れたことも、私にとっては単なる出張ではなく、その後の人生の宝となった。さまざまな国のさまざまなアートに触れ、ふつうなら会えないような人々に会うことができた。ニューヨーク近代美術館に派遣されたことも含めて、この時期の経験は私が作家になってから大いに活かされた。

あるとき、森夫妻とともに、ロンドンを訪れるチャンスを得た。ちょうどその頃にロンドンをにぎわせていたのが「モダン・ブリティッシュ・キュイジーヌ」。おしゃれでおいしいレストランをロンドンのあちこちでプロデュースしていたのは、あのテレンス・コンラン卿《きょう》だった。六本木ヒルズにある会員制クラブはコンラン卿のデザインなのだが、その打ち合わせも兼ねてロンドンに出向いたところ、コンラン卿の自宅でのランチに招かれた。私は幸運にも森夫妻にくっついていくことになった。期待で胸がはち切れそうだった。だって、天下のテレンス・コンランの自宅でランチなんて、どう考えても一生にこの一度きりでしょ⁉

テムズ川を望む高層ビルの上にある部屋は、おしゃれすぎてめまいがするほど。大きなテーブルに着席して、わくわく、どきどきして待っていた私の目の前に出てきたのは、なんということもないサンドイッチ。あれ、ずいぶんフツウだな……と食べてみてびっくり。甘くてすっぱくてしょっぱい、謎の味。なんとウナギのマーマレードサンドイッチであった。「私のお気に入りです」と満面笑みのコンラン卿。微妙な味は、私の記憶に鮮明に焼きついた。

マカロンの生まれ変わり

ところであなたは、何の生まれ変わりですか？

などといきなり訊かれたら、いったい何のことやらと面食らってしまうだろう。が、友人たちとの食事の席などで、大好物についての話題で盛り上がったとき、この質問をぶつけてみるとさらに盛り上がる。つまり「ひょっとして生まれ変わりなんじゃないだろうか……」と思われるほど、大大大好きな食べ物は何か、という質問なのである。

では皆さん、「私は○○の生まれ変わり」の「○○」の箇所に、自分の大大大好物の食べ物の名前を入れてください。料理でも、食材でも。そうです、あなたのご先祖様と言っていいあの一品。「私はイチゴの生まれ変わり」「私は明太子の生まれ変わり」「僕は高菜チャーハンの生まれ変わり」……ほほう、そうですか、なるほどなるほど……という具合に、その人の個性が表れる。「栗の生まれ変わり」という人は、ころんとかわいらしい感じがするし、「カマボコの生まれ変わり」という人は、きちんと背筋が伸びている人のような……って単に形状のイメージで語っているだけですが。

　この質問をさまざまな人にぶつけてきたが、もっとも面白かったのは、私の友人で、国際的に活躍している建築家の三十代の女性。英語ペラペラで、バリバリ音がするほど仕事ができて、さっそうとかっこいい彼女に「何の生まれ変わりなの？」と訊いてみたところ、「そうですねえ……」と一瞬、遠い目になって、

「ネギですかね……」

　との答えを得た。デキる女を絵に描いたような彼女が、深く静かに思いを込めて、自分はネギの生まれ変わりだとつぶやいた。彼女の活躍を陰ながら支えている存在はネギだった。なんと偉大な食材なのだろうか……。

　またあるとき、六十代の会社役員の紳士と会食中にこの話題になった。この人はまた絵に描いたようなエグゼクティブで、黒塗りのハイヤーで銀座のフレンチレストランに乗り付けるような御仁。仕事もできる上にしゃれた会話もできる「上司にしたいタイプナンバーワン」的な男性なのだが、彼に「何の生まれ変わりだと思われますか？」と大胆にも尋ねてみたところ、しばし沈思黙考して答えたのが、「マカロンかなあ」ということであった。「シャンパン」とか「トリュフ」とかじゃなくて「マカロン」。

六十代男性エグゼクティブなのに「マカロン」。ううむ、この人は信用できる……と、確信した瞬間であった。

私は「牡蠣」です

前項で「あなたは何の生まれ変わりですか？」と読者諸氏に好物について問いかけた。が、私自身が何の生まれ変わりかをお教えしないままに紙面が尽きてしまった。よって今回は、私が何の生まれ変わりかを謹んで発表したいと思う。って大げさですみません。

実は、ここだけの話だが、私は「牡蠣《かき》」の生まれ変わりなのである。毎年、冬が近づいてくると、「いよいよ牡蠣の季節がやってきた！」と気分が盛り上がってくる。

どのくらい好きかというと、好きすぎて、毎日食べるのがいやなくらいなのだ。牡蠣の本場で「うまいっ！」と膝を叩くほど本格的においしい牡蠣だけをごくたまに食べたい、という感じなのである。

だって、好きだからって毎日食べたら、そのうち飽きるに決まっている。それはそれでさびしいではないか。だから、ベストシーズンにベストプレイスでベスト牡蠣を食べる、ということにしている。

新鮮な牡蠣を生で食べるのはもちろんのこと、さまざまな料理に変身した牡蠣も大好きである。牡蠣フライにぎゅっとレモンを搾ったもの、牡蠣のくんせい、牡蠣茶碗蒸し、牡蠣の炊き込みごはん……と書き連ねるだけで、ああ、牡蠣が恋しい！と思いが募る。

そういえば、東京の毎日新聞社の最上階にあるレストラン「アラスカ」で、シーズン限定で登場する牡蠣ピラフなるものがあった。編集者との昼食を兼ねた打ち合わせで出かけていってこれを食べたのだが、あまりのおいしさに「これは絶品ですね、おいしい、おいしすぎる！」と絶賛しながら夢中で食べて、いったい何の打ち合わせだったのかもよくわからなくなってしまった。

一度、能登半島で、名物の「岩牡蠣づくしコース」というのを体験したことがある。これはすごかった。バケツいっぱいの岩牡蠣が出てきて、これを卓上の炭火コンロで、自分で焼いて食べるのだ。両手に軍手をはめ、コンロの上で牡蠣を返し返し、どんどん食べる。食べても食べてもなくならない上に、牡蠣フライ、牡蠣ごはん、牡蠣茶碗蒸しなど、次から次へと登場する牡蠣牡蠣牡蠣、もう牡蠣が止まらない。最初は喜び勇んで食べていたのだが、お腹いっぱい、最後はギブアップしてしまった。

が、懲りずにその夜は寿司店へ牡蠣寿司を食べに行き、翌日東京へ帰って銀座で牡蠣鍋を堪能した。そして翌週は広島へ行ってまた牡蠣ざんまい。やっぱり私は牡蠣の生まれ変わりだ、と確信したのだった。

※アラスカ　パレスサイド店は二〇二〇年八月に閉店

カキオコとえびめし

私は、小学六年生から高校を卒業するまでの七年間を岡山で過ごした。もっとも多感な青春時代を過ごした街で、強い思い入れがある。岡山にはさまざまな魅力があるのだが、中でも「おいしいもの」がたくさんあることでは、他県に勝るとも劣らない、と思う。仕事で疲れて、ぼーっとしているときなどに、「あれが食べたいなあ……」と思い出すものの多くは、岡山にあるもの、岡山でしか食べられないものなのである。

たとえば、私が「生まれ変わり」告白をした牡蠣なんかも、そのひとつである。岡山県備前市日生《ひなせ》町は、牡蠣の養殖が盛んで、冬期にはぷりっぷりの大粒牡蠣がとれっとれである。これは、そのまま食べてもおいしいに違いないのだが、私の場合、日生の牡蠣は、もっぱら「カキオコ」で食べたいのである。

「カキオコ」という不思議な名前の食べ物は、「牡蠣入りお好み焼き」の略称。誰がいつどうやって始めたのかは知らないが、日生に行くと、「カキオコ」を看板にして

いるお好み焼き店がずらりと通り沿いに並んでいる。いまではすっかり日生の名物B級グルメなんだそうだ。

　私は、岡山の友人にこのカキオコを紹介されたときから、もう夢中になってしまった。カウンター席に座っていたのだが、目の前の鉄板でじゅうじゅういってるお好み焼きの中に、大量に牡蠣が投入され、それがいい焼き色になって、お好み焼きと一体化していくさまを固唾《かたず》をのんで見守りながら「ひょっとすると私、牡蠣の生まれ変わりかも……」と、初めて意識したのだった。いやほんと、こうして書いている最中も、すぐにでも飛んで行きたくなる。

　先だっての岡山訪問では、日生に行く時間がなかったので、岡山駅の地下街で食べられる名物を食べに行った。その食べ物の名は「えびめし」という。これまた謎のB級グルメだが、小エビ入りの焼き飯で、ウスターソースで味付けしてある。見た目はなんともいえぬ色合いで、正直、あまりおいしそうには見えないのだが、これが不思議に後を引く味なのだ。岡山一番街にある「夢二」という喫茶店が発祥の店だと聞いていた。この「夢二」に、私は高校時代に足繁く通って、ハマったのだった。

ところが今回、行ってみてびっくり。なんと「夢二」は跡形もなく、おしゃれなカフェに変わっていた。おーい、えびめしはどこへ行ったんだ⁉との叫びも空しく……ご存知の方、教えてください。

オランダ・うなぎの燻製

小説の取材の一環で、フィンセント・ファン・ゴッホを追いかける旅をした。ゴッホの人生は、ひと言では言えないほど複雑であった。人間性も複雑なのだが、ひとところにとどまらず、あちこち移動、転居を繰り返している。つまり、彼の足跡をたどろうとすると、気が遠くなるほど複雑な移動をしなければならない……と、ゴッホ関連の本を読んで調べるにつれわかってきた。

ゴッホの生まれはオランダのズンデルトである。その後ティルブルフ、ハーグ、ロンドン、パリ、イギリスのラムズゲート、アイズルワース、オランダのエッテン、ドルトレヒト、アムステルダム……（中略）、パリ、アルル、サン＝レミ・ド・プロヴァンス、最後はオーヴェル＝シュル＝オワーズ……と、地名を追いかけるだけで目が回りそうになる。

完璧にトレースするとなると、一年かそこらではとてもできそうにない。どうにかならないものか、と考えて、結局、彼が晩年を過ごしたパリを中心に、南仏のアルル、サン＝レミ、パリ郊外のオーヴェルを訪ね、締めくくりとして、ゴッホ作品をまとめて見ることができるアムステルダムを訪問しよう、と結論した。

その夏は、南仏のアルルとサン＝レミへ、秋にはオーヴェルへと行ってきた。それぞれの場所でゴッホは旺盛に制作したのだが、作品は各地にほとんど残されていない。生前、わずか一点だけしか売れなかったゴッホの作品は、彼の死後、世界各地に渡り、いまではオークションで驚異的な値段で落札されるようになったことは、ご存知の通りである。

現在は日本を含む各国の美術館で彼の作品を見られるわけだが、中でも、アムステルダムのゴッホ美術館は、「ゴッホ」の名前を冠しているくらいなので、相当数のゴッホ作品を思う存分楽しむことができる。

というわけで、ゴッホ巡礼の最終目的地・アムステルダムにやってきた。すぐにでもゴッホに会いに行くべきところだが、まずは地元の美味でお腹を満たして取材に備えねば……と、シーフードのおいしい店へ直行、オランダ名物・うなぎの燻製《くんせい》をいただいた。日本のうなぎ料理とはまったく違うのだが、スモーキーな味わいが脂ののったうなぎの肉をいっそうおいしく引き立てる。うな重のように、ご飯の上にドン！の重量感はないものの、ちょこっと食べてあとを引くのがむしろいい。

生牡蠣と白ワインも合わせて、すっかりいい気分。肝心の取材は……やっぱり明日にしておこう。

丹波篠山の焼き肉

ここのところアート関係の講演会が続いている。アートを巡るさまざまな物語を書き続けていることもあって、各地の美術館から「講演会を」とお声がけいただくことが増えたのだと思う。アートに関することならば、見るのも聞くのも書くのも、そしてしゃべるのも大好きである。だから、講演会にお招きいただいて、同じくアートが大好きな来場者の皆さんとひとときをともにするのは、ほんとうにうれしいことなのである。

二〇一五年の連休に、丹波篠山にある兵庫陶芸美術館にお招きいただいた。主に地元・丹波の陶芸にまつわる展示をしている同館は開館十周年で、それを記念する講演会の依頼を受けた。なぜかといえば、私の小説『リーチ先生』の主人公、イギリス人陶芸家バーナード・リーチが、丹波にある窯元を幾度となく訪れた——ということから、リーチの話をしてほしいということだった。

私は小説を書く前に丹波を訪問したことがあり、素朴な里山の環境と丹波・立杭《たちくい》焼の独特の風合いがすっかり気に入ってしまった。そんなこともあって、喜んでお引き受けした。

篠山には私の知人で医師の中野夫妻が住んでいる。連絡をしてみたところ「おいしいものを食べにいきましょう」とうれしいお誘いをいただいた。食いしん坊の身としては、ますます訪問が楽しみになってきた。

中野先生と奥様の真理子さんとは、以前トルコ旅行の際にご一緒させていただいた。お酒とおいしいものが大好きなご夫妻が案内してくださったのは、焼き肉店「牛屋たなか」。「牛屋」とうたっているくらいだから、肉の味には絶対の自信があるらしい。日曜日とあって家族連れでにぎわう店内に通されると、さっそく出てきたのは極上肉の数々。地元の篠山牛はいわゆる「神戸ビーフ」ということで、この店の肉はすべて自社牧場で育成された牛なんだそうである。正真正銘の神戸ビーフ。そして産地直送。これがおいしくないはずはないではないか。テーブルにセットされたコンロでじゅうじゅう、牛タンにロースにサーロイン。ああ、なんという幸せ。講演会の前夜祭ということで、大いに盛り上がった。

翌日、丹波・立杭焼の窯元を訪問、陶芸美術館の展示もすばらしかった。講演会も元気いっぱいですることができた。丹波篠山パワー、神戸ビーフのパワー。バーナード・リーチもこの地で活力を得たに違いない。

ドジョウの唐揚げ

青森県十和田市へ行ってきた。

この街には、十和田市現代美術館というすばらしい美術館がある。十和田の中心部を走る官庁街通り沿いに、巨大な白いキューブの建築ができたのは二〇〇八年のこと。世界中で次々に斬新な美術館建築を手がけているＳＡＮＡＡの西沢立衛《りゅうえ》が設計。「ひとりのアーティストにひとつの展示室を」というコンセプトのもとにアーティストが作品を制作。まさに、個別の部屋（展示室）に住んでいる友人（アート）を訪ねる気分になる。想像もできないようなサプライズがあるのが現代美術の面白さだ。

そして、十和田市現代美術館のさらにすばらしいのは、私のメンター（恩師）、小池一子さんが館長を務めておられるところである（二〇一七年当時）。

小池さんは、日本で初めて「オルタナティブ・スペース」（美術館でもギャラリーでもない、自由な発想のアートスペース）なるものを運営した現代アートのキュレー

ターの草分け的存在である。セゾン美術館の企画や無印良品のプロデュースにも関わり、アートとデザインとファッションの関係を近寄せた立役者でもある。私は二十代の頃から小池さんを尊敬し、キュレーター時代にご一緒に仕事をさせていただく機会も得た。いつも颯爽《さっそう》としていてすてきな女性。「いつか小池さんのようになりたいなあ」と憧れていた。

その小池さんが館長になった美術館とあれば、すばらしいに決まっているではないか！ということで、それまでなかなか出かける機会がなかった十和田市へと赴いた。

ライトアップされた夜の現代美術館を外から眺めたあと、小池さんがお連れくださったのは、スタイリッシュなリストランテ……ではなく、ディープな飲み屋街の一角にある居酒屋。「ここ、なんでもおいしいのよ」と小池さんが声を弾ませる。なんの変哲もない店内で、しかし、メニューには地元感満載の食のラインナップが。「ホヤの刺身」「アナゴの天ぷら」「ドジョウの唐揚げ」……え、ドジョウの唐揚げ⁉「あら、これ珍しい。ドジョウの唐揚げ、食べてみましょうか」とわくわくしながら小池さんがオーダーする。ドジョウといえば柳川鍋。ずっと昔、試してみて、どうにも泥臭いのが苦手だったのだが……と私は及び腰。が、出て来た唐揚げを一口食べてビックリ。サクサクの衣に包まれたドジョウは、まるで白エビのよう。ちょっと甘みがあって、泥臭さはゼロ。信じられない、おいしい！と、十和田の思い出は小池さんとともに、ドジョウの唐揚げで始まったのだった。

ファミレスのステーキ

その夏は、いろいろと予定が立てづらい夏であった。

自分で言うのもなんだが、私、実はかなり高度なダンドリアン（やたら段取りする人）なのである。毎日きっちり予定を立ててパソコンのスケジュール表に書き込み、「ふむふむ」と眺めて段取っている。いまではむしろこのスケジュール表のために段取りしていることに気がつき、はっとすることもあるくらいだ。流れるままに……というのが最近はできない。つまりそれは、勝手気ままなフーテン旅ができなくなってきている、ということではないか……。

まあとにかくその夏は、身内に不幸があったり母が入院したりという、まさしく「予測不能」な出来事もあったため、なかなか段取りできなかった。極めつきは、八月上旬に行く予定だったニューヨーク行きをキャンセルしたこと。なんと私が乗る予定だったデルタ航空が、本社のメインコンピュータが停電で機能しなくなり、世界中で

げっそりヘトヘトな時、あなたならどうしますか？
①まずは食べる
ジュ〜
②食べものなど
のどを通らない
ねむる
はあ…

駐機中だった二千機以上がキャンセルになったそうだ。これは後から知らされたことで、そのときはいったい何が起こったのかさっぱりわからなかった。私を含む乗客約二百人は、離陸寸前のデルタ機に乗り込んで、シートベルトをしっかり着用したまま、三時間待機させられた。結局、ロビーに逆戻りして、フライト自体がキャンセルに。私は諸般の事情から、もはやニューヨーク行き自体をキャンセルすることに決め、カウンターに詰め寄って粘り強く交渉した結果、ようよう出国を取り消し、空港から成田エクスプレスに乗って都心へと帰ってきた。まるでキツネにつままれた気分……。

このタフな待機と交渉のあいだ、もちろん何ひとつ口にできず、すっかりお腹が空いてしまった。あまりにも空腹過ぎて、何を食べたいのかもわからないくらい。すでに夜十時を回っていたので、外食するにも開いている店は限られる。そこで、ときどき執筆するのに利用する実家の近所のファミリーレストランへ。ラストオーダーぎりぎりのタイミングで、私のオーダーは「ジューシーアメリカンステーキ」。めったに頼まないものを、即決で注文した。

やがて鉄のプレートの上でじゅうじゅう音を立てるステーキが運ばれてきた。夜半にひとりファミレスで食べるステーキがこんなにおいしいとは思わなかった。人生、段取りできないこともある。旅すれば、ときにほろ苦い体験もする。だから面白いんじゃないか。ステーキを食べながら、そんな思いが去来した。

米沢のすき焼き重

突発的に山形・米沢へ行ってきた。アートに「会いに」出かけたのである。私は「アートは友だち」であると思っている。だから、アートを「見に」行くのではなく「会いに」行く。

米沢市には、私がここのところ熱烈に「一度会いたいなあ……」と思い続けていた憧れの友だち（＝アート）が住んでいる。その名を「洛中洛外図」という。安土桃山時代に活躍した絵師、狩野永徳作の屛風絵である。でもって国宝である。米沢市上杉博物館で年に二度、期間限定で公開される。もっと出てきてほしいところだが、なにぶんデリケートな体質のため、こればっかりは仕方がない。そのデリケートな友が姿を現すとの情報をキャッチした。

私は地方紙で安土桃山時代の絵師たちの物語を連載したのだが、その中のひとりが狩野永徳である。連載中に、「洛中洛外図」がいかにして描かれたか、というくだりをひとしきり書いた。いかにして？　もちろん、誰も知らない。永徳が活躍していた当時の京都の街並みや風俗をこと細やかに描き込んだこの屏風絵は、美術的価値はもちろんのこと、歴史的価値が極めて高い。多くの専門家が本作を研究してきたが、いかにして描いたかを知ることはできない。だからこそ、小説家の想像力の翼がはばたくのだ。

ネットで調べていて、本作が公開されると知り、矢も盾もたまらずに飛んで行った。新幹線の車中で、そうだ、米沢だから米沢牛だ、ランチは米沢牛を食べようじゃないか！と思いついた。しかし米沢での滞在時間は移動も含めて2時間半しかない。いやいや、されど、腹が減っては戦ができぬ。ここは駅近の米沢牛ダイニングにまずは行こうではないか。いざ！

ということで、到着するやいなや飛び込んだレストランで「米沢牛すき焼き重」を注文。ご飯の上を埋め尽くすすき焼き味の牛肉とネギと糸こんにゃく。その上には半熟卵をとろーり。ひと口食べて「……うまっ！」とひとりのけぞる。いやいや、のけぞっている場合じゃない、とにかく腹ごしらえ、そして出陣じゃ！と脳内で上杉謙信が語りかける。一気に食べて、はあ、満足。そしてじっくり友とご対面となった。いやもう、すごいの一言。見ていた人は皆口々に「すごい」。その言葉以外出てこないのである。ほんとうに。

ちなみになぜ本作が米沢にあるかというと織田信長が謙信に贈ったのだとか。信長の策略はかくも美しかったのか。国宝とすき焼き重。どちらもすばらしい米沢だった。

フィッシュ・アンド・チップス

パリからロンドンへ行ってきた。

ロンドンへ初めて行ったのは、二十年以上まえのことになるが、いろいろな意味で「こんなに変わるものなのか」と感慨深い。

初めてロンドンを訪問したときには、パリから飛行機で行った。ものの四十分ほどの飛行時間と知って「近いじゃないか」と行くまえには思ったが、いちおう国際線だし、空港には二時間まえに着いていなければならないだろうということで、早めにパリ市街のホテルをタクシーで出た。パリの中心部からシャルル・ド・ゴール空港までひどく渋滞して、一時間以上かかってしまった。つまり飛行時間を含めて、ロンドンに着くまで四時間近くを費やした計算になる。ロンドンのヒースロー空港からタクシーに乗り中心部までこれまた一時間以上。ホテルにチェックインした頃にはパリ出発から六時間以上が経過していた記憶がある。

そして初めて耳にしたクィーンズ・イングリッシュ。ホテルのレセプションでの衝撃はいまも鮮やかに蘇る。レセプショニストの男性は、おそらくとてもていねいに対応してくれた。にもかかわらず、何を言っているのかさっぱりわからない。えーと……な、なんですって？「すみませんが、英語でお願いします」と聞き返しそうになったくらい、アメリカン・イングリッシュに慣れていた私の耳は本場の英語についていけなかった。

さらに、物価の高さ。当時、一ポンドが二百円近くしたような記憶がある。レストランに行くのも気が引けて、テイクアウトの店でフィッシュ・アンド・チップスを買ってみた。ところがこれが二千円以上になってしまい、驚愕《きょうがく》。酸っぱいビネガーの味だけが残った。

そして、現在。パリ―ロンドン間は高速鉄道ユーロスターが通っている。パリ中心部にある北駅からロンドン中心部にあるセント・パンクラス駅までたったの二時間十五分。新幹線で東京から大阪に行くような感覚である。クィーンズ・イングリッシュは相変わらずだが、私の耳が慣れたのか、話していることは理解できるようになった。為替も一ポンド＝百四十円ほどである。ちょっと気取ったレストランにも行ける気分にもなったが、ここはやっぱりフィッシュ・アンド・チップス。紙に包んだ揚げたての白身魚の大きなフライにビネガーを振りかけて、パブの店先でパクッ。フレンチフライと交互につまみ、ビールを片手に立ち食いする。この楽しさは、昔もいまも変わらない。

佐賀の牡蠣小屋

またもや講演会で、今度は佐賀県へ旅してきた。

おりしも大寒波到来、九州地方は観測始まって以来の厳しい寒さに見舞われるだろうとの天気予報だったが、そこは晴れ女の底力で、なんとしても晴らしたかった。というのも、講演会のまえに、今回お招きくださった佐賀県庁の方々から、さまざまな見どころへお連れくださるという提案をいただいていたからである。

講演会の前日は、雲の切れ間から光が差すなかなかの天気になった。到着直後に「私、めっちゃ晴れ女なんですよ。大寒波？　大丈夫です、任せてください」と、例によってなんの根拠もなく豪語してしまったので、面目はいちおう保たれた次第。

さて、県庁の方々にお連れいただいた先は、最近タイ映画のロケ地となりタイからの観光客急増の祐徳《ゆうとく》稲荷神社、素朴な民芸品「のごみ人形」の工房など、大変興味深い数々のスポットだったのだが、やはりなんと言っても有明海の冬の味覚、牡蠣を味

わえる「牡蠣小屋」が圧巻だった。

何しろ私は自称「牡蠣の生まれ変わり」である。本書の原稿を書くために、いままでいったいいくたび牡蠣牡蠣牡蠣とパソコンのキーを打ったことか……。佐賀県庁の方から「佐賀の名物に『太良《たら》の牡蠣』というのがあります」と教えていただいたときからずっと、私の気持ちは佐賀に飛んでいた。有明海のほとりに、冬のあいだだけ牡蠣を思う存分食べられる「牡蠣小屋」が建つという。牡蠣＋小屋、牡蠣＆小屋……なんという魅惑のネーミングだろうか。この魅惑の小屋へ行かずに済ませるわけには断じていかない。

というわけで、押し寄せる大寒波もはねのけるほど「晴れますように」と念じ、その思いがお天道様に通じたのだろう（大げさですみません）、私はめでたく牡蠣小屋を訪れることができた。

牡蠣小屋とは、言ってみれば海の家のような仕様で、透明な厚手のビニールで四方に壁を作った簡易かつ巨大な「小屋」。その中に炭火コンロ付きのテーブルがずらりと並び、席に着くと新鮮な牡蠣がこれでもかっ！というくらいのボリュームで出てくる。これを炭火で焼き、軍手をはめた手で殻を開けていただく。熱々、ジューシー、磯の香り。う、うまいッ！　バターをのせたり、ポン酢で食べたり。十二分に堪能して、ごちそうさま、と小屋を出たところで雲行きが怪しくなってきた。うーむ、これはアヤシイ。講演会までもつかなあ……。

パリの生牡蠣

冬の味覚の楽しみといえば、やっぱり牡蠣である。

ほんとうにしつこいようだが、私はすでに複数回、牡蠣について書いている。だけど今度は場所を変えてまた書く。「牡蠣の生まれ変わり」なものですから、ご容赦を。

十二月になったら、まず牡蠣鍋などを楽しんで、牡蠣の名産地に旅するようなことがあれば、生牡蠣や焼き牡蠣を堪能する。自宅では牡蠣フライを作ってみたりもする。フライを揚げる時間がないときは、近所のスーパーでパックに入ったお惣菜の牡蠣フライを買ってくる。カレー店の季節のメニューに牡蠣カレーなんていうのを見つけた日には、小躍りしてしまう。調理法はさまざまだが、それぞれにおいしい。何をどうやってもおいしく感じるって……食材のイリュージョニストと呼びたいくらいだ。

パリのビストロでも、冬になると生牡蠣がおいしくなる。

パリは海辺の街ではないが、魚介類の食事を売りにしているビストロがたくさんある。そういうビストロの店先には、まるで昔の魚屋さんのように氷を敷き詰めた棚に魚介類がわんさか並べてあり、道行く人の関心を引く。魚や貝類、エビなどがてんこ盛りに並んでいる様子は、そこだけが小さな海鮮市場のようで、眺めるだけでも楽しい。

この「魚介類ディスプレイ」は、パリの冬の風物詩かというとそうでもなく、実は年がら年じゅうやっている。夏場も日よけテントを張り出して、冬と同様に並べているのだ。その様子を夏場に初めて見たときはあまりおいしそうに感じられず、むしろ「あんなところに置いている魚介類を食べても平気なのかな……」と心配が先に立ってしまった。が、平気でなければそんなディスプレイが許されるはずがない。というわけで、パリ市民は年がら年じゅうビストロで魚介料理を楽しんでいるのだ。

しかし、冬場のディスプレイに牡蠣をみつければ「おっ！」と心が弾む。メニューにも産地の異なる牡蠣がずらりと並んで迷ってしまうほど。牡蠣を愛するフランス人の友人と魚介料理が自慢のビストロへ出向き、いろいろな産地の牡蠣をたくさん注文した。氷を敷き詰めた大きな皿に品よく載せられた牡蠣をつまみ上げ、玉ねぎのみじん切りが入ったビネガーをかける。小さなフォークでつついて、つるんと口の中へ運ぶ。ビネガーの酸味と玉ねぎの辛味、プリッとしてコクのある生牡蠣の身。これこれ、この味こそ、冬のパリの最大の楽しみのひとつなのだ。

旬の味覚旅

最近、日々の食事において、「旬」という言葉が忘れられているのではないか——という食の評論家の記事を目にした。

コンビニやファストフードの食事が日常化してしまい、外食メニューも定番化が進んで、いつでもどこでも同じものを食べられるから、「旬」の概念が薄れてしまっている、と。かつ、ハウス栽培や海鮮物の養殖の発達で、季節に関係なく食材を手に入れられる。旬の食べ物を味わう喜びを、このさき子供たちは知ることができるのだろうか……。

評論家の憂慮に、まったく同感である。さらに意見を加えたいのだが、「地のものを、その土地で食べる」という喜びも忘れられてはいまいか。

私の旅の目的のひとつは「旬の地のものをその季節にその土地で食べる」こと。それこそが、旅の真髄であるとも思っている。

かれこれ八年ほどまえ、小説の取材で北海道の礼文島《れぶんとう》を訪れた。『旅屋おかえり』という小説で、わけあって旅ができない依頼人の代理で旅をする「旅屋」業のアラサー女子・丘えりか（通称おかえり）が主人公。このおかえりが礼文島出身という設定だった。なぜ礼文島なのかといえば、とにかく一度北の最果てへ行ってみたかったからである。

取材したのは七月で、その時期に狙いすました。なぜ七月かといえば、ウニが旬の季節だったからである。せっかく礼文島まで行くならば、名物の旬の時期に行きたい！と目論《もくろ》んだのである。

稚内《わっかない》からフェリーで二時間ほど、やって来ました日本最北端の島へ！　と、下船してすぐ、目の前の飲食店の看板が目に飛び込んできた。——「海鮮処かふか」。

え？　な、なんですと？　「海鮮処」と「カフカ」って……あり得ないふたつの言葉の組み合わせにくらっときてしまい、思わず暖簾をくぐる。ちょうどランチタイム営業中。いったいどんなランチが出て来るのだろうか。まさか、ザムザ丼とか……。

文豪、フランツ・カフカの代表作「変身」の冒頭で、主人公、グレゴール・ザムザは、朝、目覚めると自分が巨大な毒虫になってしまっていることに気づく。で、ザムザ丼……いや、それだけは勘弁して！

と無茶な妄想をしつつ入っていくと、「らっしゃ〜い」と、黄色いタオルを鉢巻きにしたご主人が、コの字型のカウンターの中から人なつっこい笑顔を見せた。この時点で、ぜんっぜんカフカじゃなかった。さあ大将、何を食べさせてくれるんだろうか。

礼文島のウニ

さて、礼文島に到着後、シュールすぎる名前につられて思わず暖簾をくぐった店――「海鮮処かふか」。

そこで待ち構えていたのは、黄色いタオルを鉢巻きにした人なつっこい笑顔の大将。と、壁に貼り出されていたどこかで見たことのあるややロン毛の白髪の紳士の（引き伸ばされた）写真。「おや？」と思わず壁に吸い寄せられて間近で見ると、なんと小泉元首相ではないか！

小泉元首相が、あ〜んと大口を開けて、いかにもおいしそうにウニ丼を食べている。その連続ショットが壁にずらりと……。と、写真の右下に日付が。えっ、これって……。

「おとといじゃないですか⁉」思わず叫ぶと、大将はにこにこして、「そうそう、おととい来たんだよ、小泉さん。ニアミスだったねえ」などと言う。って、まるで近所

のおじさんがひさびさにランチしに来たみたいな気軽さ……。ちょうど全国で選挙戦が始まった頃で、小泉さんはわざわざ礼文島まで候補者の応援に駆けつけたんだそうな。

うぅむ……小泉さんをも魅了するほどだ、ここはひとつ名物ウニ丼を食べてみようではないか、とカウンターに座ると、先客の熟年夫婦がたっぷりとウニがのせられたウニ丼を食べておられる。「私もウニ丼にしよっかな」と言うと、やはりにこやかな顔の大将が、「いやあ、ウニはコレステロールが卵の何十倍だからねえ。ハンパないよね」とすかさず言う。ちょ……待ってください大将！　それ礼文島の海鮮処店主が言うことですか⁉

「あのう、じゃあ何がおススメなんでしょうか」と訊くと、店主はにこにこしながら、「ウニの踊り食いだね」と。ええっ？　な、何それ⁉

大将は、カウンターの内側にある水槽の中にやにわに手を突っ込むと、大きなウニをわっしとつかみ、その穴（口＝肛門）にハサミを突っ込んだ。そのままハサミの刃をどばっと開く。わしゃっ！とふたつにぱっくり裂けて、オレンジ色の身が飛び出した。さあウニにとっては一大事、全身のトゲをワラワラワラ～ッといっせいに動かしている。「ひゃあ～ッ！」とびっくりしたのは私である。大将はスプーンでウニの身をさくっとすくい、あんぐりと開けた私の口めがけて突っ込んだ。問答無用でパクリ、ごっくん。この間、数十秒。

「どう、おいしいでしょ？」と大将。はいもう、人生最高のウニでした。

「海鮮処」は「突っ込みどころ」満載の店だった。ちなみになぜ「かふか」かといえば、「香深港」の近くだから……であった。

デザート

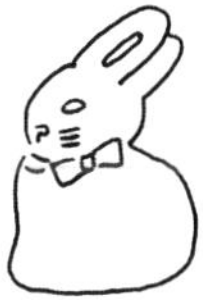

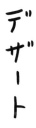

「旬の中の旬」の白桃

私は東京生まれ、東京育ちなのだが、父の仕事の都合で、小学六年生のときに岡山に引っ越した。その後、高校を卒業するまでの七年間、もっとも多感な青春時代を岡山で過ごした。この岡山時代の思い出を下敷きにして書いた小説『でーれーガールズ』が、二〇一五年に映画化されて岡山でも上映され、自分としてはなんとなく気恥ずかしいような、ようやく恩返しができたような、いい意味で複雑な気持ちだった。

岡山は、私にとってほんとうにいろいろな思い出がパッケージされた街なのだが、中でも、いつも「これを食べると岡山を思い出す」というものがある。それはきびだんご……ではなくて、桃である。

岡山は「フルーツ王国」と言われるほど、さまざまな果物が食べられるところである。例えばマスカットも有名なのだが、ことさらにおいしいのが桃。桃は桃でも、そんじょそこらの桃ではない。白桃である。

白桃は、旬がとても短い果物らしい。毎夏白桃を贈ってくれる岡山在住の友人がいるのだが、彼女によれば「七月下旬から八月上旬のたった二週間」がもっともおいしいということだ。さらに、その二週間のうちでマックスに甘みが増す「旬の中の旬」の時期があり、それがほんの三日間ぐらいなのだそうだ。この「旬の中の旬」の時期は、その年の天候によって微妙に違ってくるらしい。素人にはまったくわからないのだが、白桃農家のプロフェッショナルの方々には、これが肌感覚でわかるのだという。そして私の頼もしい友人は、「旬の中の旬」をドンピシャで見分けるプロの中のプロの白桃農家を知っているとのことで、選りすぐりの白桃が私の元に届けられる。

そして私は、だいたい毎年八月の第一週頃に、ずっしりと白桃の入った箱を開けて小躍りする。

白桃は、上品でみずみずしい味が特徴なのだが、見た目にもなんとも涼やかなのがいい。うっすら黄ばんだ肌に桃色が差して、手のひらに取った瞬間にふわりと立ちのぼる甘い香り。一年を通してたった一度しか会えない白桃のかわいさといったらない。食べる直前に冷蔵庫に入れ、ひんやりしたところを、皮をするんと剝《む》いて、いただきます！　ひと口食べれば、のどに涼風が吹きわたる。おお白桃よ、君がいてくれれば暑い夏もやり過ごせるよ……。

白桃が胃袋に収まったあと、夏の盛りがやってくる。だけどもう次のシーズンが待ちどおしい。早く来い来い次の夏！

マルセイバターサンド

日本全国、津々浦々に出かけていって、さあお土産を買おうという段になると、ついつい選んでしまうのが「ご当地スイーツ」。温泉マーク付きの箱に入った茶色い薄皮饅頭は超定番として、最近では、各地で多種多様なスイーツが旅人の到来を待ってくれている。

それにしても、旅先でお土産にお菓子を買うタイミングって、けっこう難しい。たいがいの場合は、「あと五分で電車が来る！」とか「あと三分で搭乗開始だ！」とか、そういうタイミングで選ばなければならないことがけっこうある。試食する間もなく、生まれて初めて目にしたお菓子が「あたり」か「はずれ」か、瞬時にして見分けなければならない。これって、かなり荒業じゃないか。

結局、お土産というものは、パッケージがすてきだとか、ネーミングがいいとか、味とはあまり関係ないポイントで選ばれているのではないだろうか。

私が個人的に高評価しているのは、北海道を代表するお菓子の会社「六花亭」のスイーツの数々である。六花亭の本拠地は帯広で、八十余年の長きにわたって、北海道のお菓子文化の一端を担ってきた。「マルセイバターサンド」は誕生から四十年以上経《た》ったいまでも北海道のお土産スイーツの代名詞として愛され続けている。なんといっても、レトロな包装紙のデザインがいい。そして「マルセイ」という謎のブランド名と、「バター」と「サンド」のみっつの言葉が合わさって、「六花亭のお菓子なのにそれはマルセイで、バターをサンドしたものに違いない」と一目見て想像できるようになっている。実際は、マルセイというバターメーカーのバターとホワイトチョコを合わせ、レーズンを加えてクッキーでサンドした「マルセイバター」+「サンド」ということらしい。

さらに六花亭には、マルセイバターサンドに勝るとも劣らぬ名品「ストロベリーチョコ」がある。どういうお菓子かというと、ストロベリーのチョコ。まんまである。が、実はこれ、名前のシンプルさに反比例するようなユニークな一品。フリーズドライしたイチゴをチョコレートでコーティングして、アイスクリームのLカップのような容器に入れられているのだ。この意表をつく展開。初めて目にしたときは、冗談かと思ったが、一口食べてまた冗談かと思った。だって、イチゴとチョコ、そのまんまにおいしいんだもの。ああマルセイバターサンドをお土産に買いにいくために、そのためだけにでもいい、いますぐ帯広へ旅に出たい。

運命のアップルパイ

小説の取材で、一年ぶりにロンドンへ行ってきた。

私が初めてロンドンを訪問したのは、かれこれ二十年以上まえのことになるが、ロンドン通の人から「ロンドンにはおいしいものがないからね」とさんざん言われていた。そうはいっても、イギリス伝統のミートパイやフィッシュ・アンド・チップス、それにジャムをたっぷりのせたスコーンとともに楽しむ優雅なアフタヌーンティーなどなど、おいしそうなものがあるじゃないかと、勇んで出かけたのだが、当時は現地にグルメ水先案内人もおらず、また私の「店運」がよくなかったのか、滞在中一度も「これは！」と膝を叩くような美食体験ができなかった。パイもチップスもスコーンも、まずくはないが、「うーむ……ま、こんなもんか」という感じ。本場で食べるからには予想を裏切る美味を期待していたので、不完全燃焼に終わってしまった。ああイギリスよ、女王陛下のお膝元で、汝《なんじ》は何ゆえ美食の都になり得なかったのか？

ところがその後、訪れるたびにロンドンの食のレベルは上がっていった。なんでも、新進気鋭のシェフやレストランプロデューサーが、好景気の波に乗ってどんどん仕掛けている「モダン・ブリティッシュ」とかいう美食旋風が巻き起こったからだとか。最近は噂を聞きつけて訪れたレストランで、「お！　これはイケる」と膝を打ちかけたことが何度もあった。そう、あくまでも「打ちかけた」のであって、まだまだ瞬発的に膝を打たせる運命の一皿には出会っていなかった。

が、今回の訪問で、ついに運命の店に出会ってしまった。リージェントストリートにあるカフェダイナーで「リージェンシー・カフェ」という。まんまな店名も好感度大なのだが、この店、素朴な古き良きイギリスの家庭料理を食べさせてくれる定食屋で、戦後まもなく開店した当時の雰囲気もそのままに、シェパーズパイやオムレツやパンケーキなど、何の変哲もないものを出している。おそらくもう何十年も通っているようなご近所のお年寄りが集い、新聞を眺めながらパイをつつく。ここのアップルパイを食べた瞬間、「！」と思わず膝を打った。皮はパリパリ、中はしっとり。中身のリンゴは甘い中にもほのかな酸味。添えられたバニラアイスクリームとの相性も抜群。やるじゃないか、ロンドンの定食屋！

二十年かかって、私に膝ひとつ叩かせたロンドン。ついにやられてしまった。なんだかうれしいような、くやしいような。

イースターのチョコレート

三月下旬、パリの冬もようやく終わりを告げようとしている。風の便りによれば、東京ではすでに桜の開花宣言がされたようだ。週末には、五分咲き、いや、七分咲きになるだろうか。早く桜が咲いてほしいような、いやいや、もったいないからもう少しあとで……と、日本にいれば桜情報に一喜一憂する季節。ここパリでは、そもそもそんなに桜がないから、そわそわしなくてもすむ。そのかわりに「春がきた」と実感できる風物詩がある。それは、イースターのチョコレートである。

イースターとは、キリスト教の祝日で、日本では「復活祭」と呼ばれている。キリストがその予言通り、処刑された三日後に復活したのを記念する日で、春分の日の後、最初の満月の日から数えて最初の日曜日がその日なのだそうだ。つまり毎年お祝いの日は変動する。

イースターは、この世界のあらゆる生き物の生命力がみなぎる日。その命の象徴として「卵」がお祝いに使われる。ホームパーティーではミモザサラダや卵のグラタンなどがふるまわれ、きれいに色付けされた「イースターエッグ」を使ったさまざまなゲームをして皆で楽しむのだそうだ。そして、子どもたちや親しい人同士、卵形やニワトリ形のチョコレートを交換する。ウサギ形もある。ニワトリやウサギは多産ということで、命の象徴とされている。

パリの街中のあちこちにあるショコラティエの店先には、三月になるとイースターのチョコレートが並ぶ。これを見ると「ああ、春がきたんだな」とパリっ子たちは感じるらしい。おしゃれなショコラティエばかりではなく、近所のスーパーにもイースターのチョコレート販売特設コーナーができる。色とりどりの包装紙に包まれたチョコレート、かわいいウサギとニワトリと卵が並んでいるのがなんともにぎやかで目にも楽しい。

つい先日も、とあるビストロでのランチタイムに集った品のいい白髪のマダムたちが、手に手にウサギや卵のかたちのチョコレートを携え、お互いに交換し合っているのを見た。これっていわゆる「友チョコ」ってやつだろうか。若い女子同士のチョコ交換ではなく、マダム同士が友チョコ交換会をしているのがなんだかほほ笑ましかった。春がきた、どこにきた、パリにきた。

MoMAのマーブルチョコ

ニューヨークはマンハッタン、ミッドタウンエリアの五十三丁目に位置するニューヨーク近代美術館（MoMA）に一時期勤務していた頃の思い出である。

ミッドタウンは超高層ビルが建ち並ぶオフィス街で、ことに五番街（フィフス・アヴェニュー）は、宝飾店「ティファニー」やセレブなデパート「バーグドルフ・グッドマン」など、高級ブティックが軒を並べている。ちなみに、あのドナルド・トランプ氏がオーナーの「トランプ・タワー」もある。

アメリカ有数のオフィス街なのだから、ランチタイムになれば、さぞや大勢のビジネスマンやおしゃべりに花を咲かせるOLたちでにぎわうのではないか……と思いきや、そんなことはない。半年間にわたる私のランチタイム観察によれば、オフィス勤めのニューヨーカーは、普段のランチはきわめて質素。オフィスの近所のデリでサラダパックやスープを買って、街角にある公園や緑地帯のベンチでぱくぱく。あるいは宅配ピザやサンドイッチを電話で注文して、デスクでパソコンとにらめっこしながら……という光景が普通だ。これらの光景は日本の職場でもよく見られるが、ＯＬたちがお財布入りの小さなバッグを片手に、いかにも楽しそうにおしゃべりしながら連れ立って定食屋に入っていく風景は、マンハッタンでは皆無。あるいは、今日は絶対にあのラーメン店のチャーシュー麺を食べるんだ！と心に決めて、炎天下もものともせず、人気ラーメン店に辛抱強く並ぶ男たち……なんて風景も、日本ならではの。

ＭｏＭＡには来館者が気軽に入れるカフェテリアとちょっとおしゃれして入りたい雰囲気のレストラン、両方があるのだが、職員専用の「社食」もある。私はＭｏＭＡに勤務時代、この社食をよく利用した。サンドイッチやバーガーなど、ごく普通のメニューのほかに、ポテトチップスの小袋やチョコレート・バー、大きな瓶に入ったカラフルなマーブルチョコレート「m&m's」があったりして楽しい。このマーブルチョコを小ぶりのスコップでざくっとすくい、紙コップに入れる。いかにもエリート風のネクタイを締めた男性職員が、ざくざくとマーブルチョコを紙コップに入れているのを見かけたりして、なんだか微笑ましい。社食はさほど広くないので、すぐいっぱいになる。ここで和気あいあい、職員同士がおしゃべりの花を咲かせるのは日本と同じ。マーブルチョコをぽりぽりしながら、さあ、もうひとがんばり、オフィスに戻ろう。

京都の夏の和菓子

毎年七月になると、梅雨どきの蒸し暑さとともに思い出される街は、なんといっても京都である。

七月の京都といえば、祇園祭。京都には年がら年中さまざまなお祭りがあるが、五月の葵祭、十月の時代祭とともに、この祇園祭は京都を代表するお祭りである。

私は、学生時代に、祇園祭が登場する川端康成の名作「古都」を読んで以来、長らくこのお祭りに憧れて、「一度行ってみたいなあ……」と思いつつ、なかなか行けずにいた。なぜかというと、とにかく人混みが苦手だからである。

その私が、ついに意を決して祇園祭に挑むときがきた。京都が舞台の小説『異邦《いり》人《びと》』の取材の真っ最中で、表面的な京都ではなく、できるだけ深いところまで潜ってみたい、と願っていた時期だった。そこで、私の母校である関西学院大学の教授で京都在住の阪倉篤秀先生を頼り、京都に住んでいる京都人の取材を次々に敢行。その勢

いで、「祇園祭も取材したい」とお願いした。
阪倉先生の京都人脈は幅広く、さまざまな人をご紹介いただいたのだが、その中に建築家の瀬戸川雅義さんがいた。そもそも阪倉家と瀬戸川家のお付き合いは、阪倉先生の奥様と、瀬戸川さんご夫妻が小学校の同級生で……という具合に、京都人脈はどこかで誰かに繫がっていて「あ、そこで繫がってたん?」「あ、その人知ってるし」というようなことがままある。京都人いわく「京都は狭いさかい」。まあとにかく、瀬戸川さんは祇園祭に登場する山鉾《やまほこ》のひとつ、橋弁慶山を擁する橋弁慶町にて、正真正銘、祇園祭をサポートしている旦那衆のひとりなのである。
祇園祭が始まるまえに、通りに組み立て

られた山鉾を見物できる「宵山」があり、この期間に祇園の町家の一部にその家の自慢の書画骨董《こっとう》が展示される。この展示が「屏風祭」と呼ばれているのは、ふだんはしまい込んでいる屏風などを出してきて、通りに面した格子のあいだから覗き見られるようにしつらえるからだ。

　私は阪倉先生、瀬戸川さんとともに、屏風祭をしている町家にお邪魔した。そのときにご当主に和菓子でもてなしていただいたのだが、これが忘れられない味だった。笹に包んであるつるんとしたゼリーのようなもの。ほんのり甘く、ひんやりとした食感。見た目にも食べても涼やかで、品がいい。「西湖《せいこ》」という名の美しいお菓子は、京都の夏の化身のごとし。町家のほの暗いお座敷でのひと口は、最高の贅沢だった。

岡山の白桃、ふたたび

今年も岡山在住の友人Eさんから白桃が送られてきた。ごていねいに、送るまえにSNSで連絡をくれた。

「近々桃を送ろうと思うんだけど、その時期にはどこにいるの？」

彼女は、自称「フーテンのマハ」たる私が、いつも放浪していてひとところに留まっていないことをよく知っている。確実に届くようにと細心の注意を払ってくれたのだ。

なぜかと言えば、白桃の旬がとても短く、「いまだ！」と思ったときに、それっとばかりに食べなければならないからだ。どのくらい短いかというと、たった一週間、という説もある。いや、一週間どころではない。Eさんいわく「七月下旬から八月上旬にかけての数日間」だと。

ええっ、そんなに短いの？と驚かれるかもしれない。もちろん、夏の間は桃の最盛期だから、ひと月くらいは楽しめるのだが、リアルな旬はびっくりするほど短いのだそうだ。「ほんとうのほんとうにおいしい白桃を味わうなら、ものの三日しかないからね。そこを狙わないと意味がないから、覚悟をしたほうがいい」と、白桃に関しては「絶対にゆずれない」岡山のグルメ番長Eさんに、常々念を押されていた。

　そこまで言ったからには、Eさん、「これこそが岡山が誇る果物の王様、白桃である！」という逸品を送ってくれるつもりのようで、間違いなく私が在宅している日時を確認してきた。ちょうど母が腰の手術をするために実家の近くの病院に入院中だったこともあり、お見舞いも兼ねて母にもぜひ食べてもらいたいとのことだったので、東京の実家で受け取ることにした。「○月×日△時には絶対に実家にいるようにする！」とメッセージを返した。さあ絶対にキャッチしなければ、デリケートな桃たちは機嫌を損ねてしまうに違いない。なんとしてもその時間には家にいなければ。

　ところが、当日、約束の時間になっても荷物が届かず、おかしいなと思っていたら、ポストに不在通知が入っていた。ほんの五分ほど近所のコンビニに行くのに出かけたのだが、その間に来たらしかった。結局、翌日届けてもらうことに。ああ、はらはらする。

　一日遅れで到着した白桃たちは、ご機嫌よろしく、ほんのり桃色がかった色白美肌。さっそく母に届けた。みずみずしい果肉を頬張って、「おいし～い！」と、無邪気に顔をほころばせる。こんなに母を喜ばせてくれたEさんと白桃に感謝。もちろん私も思う存分味わった。

マカオのエッグタルト

香港経由でマカオへ行ってきた。

もちろん、カジノで遊ぶためにに行ったのではなく、小説の取材である。中国の特別行政区として、驚異的な発展を遂げたマカオ。いまやすっかり「カジノの街」としてのイメージが強くなっているようにも思うが、異国情緒漂う観光都市でもある。

十六世紀初頭の明王朝の時代、ひなびた漁村だったマカオに、ポルトガルから一隻の船がたどりついた。以来、マカオはアジアにおけるヨーロッパの入り口になった。私にとっては初めてのマカオ。香港から高速船で小一時間、うたた寝をしているうちに到着した。

街なかは中国全土からやってきた観光客であふれかえっている。看板などのサインは中国語とポルトガル語が併記されていて、ほんの十数年まえまではこの地がポルト

あちっ
注：タルトはこんなに大きくありません。

ガルの統治下にあったことを思い出させる。

十六世紀にはキリスト教の布教が進み、アジアの重要な拠点となった。その歴史を裏付けるように、中心地のあちこちに教会が建っている。聖ポール天主堂跡地はマカオで最も有名な歴史的建造物なのだが、教会のファサード（正面）だけが残されて、あとは焼失してしまったそうだ。まるで張り子の虎のような入り口だけの教会。それでも往時の雰囲気を色濃く残していて興味深い。

さて、お楽しみのマカオグルメは何があるのか。ポルトガルの美食と中国の美食が混じり合って、さぞやおいしいものがあるに違いない。

香港在住の食通の友人に尋ねてみたとこ

ろ、「そりゃあなんと言ってもエッグタルトでしょ」との返事。ポルトガル由来のものかどうかはわからないが、カスタードクリームがのっかった小さな一口タルトだとのこと。できたてをその場でほおばるのがマカオ流だと教えられた。

　中心部にある超人気店を訪ねてみると、ずらりと列ができている。一瞬ひるんだが、ここまで来て引き返すわけにはいかない。待つこと十五分、オーブンから出てきたばかりのエッグタルトをゲットした。パイ生地の上に黄色いカスタードクリームがとろり。これを一口でパクリ。サクサクした食感に、甘すぎないクリームが絶妙なハーモニー。これは何個でもいけそう、と性懲りも無く行列に並び直した。結局何個食べたかは……秘密にしておこう。

愛しのスフレ

読者の皆さんは、「スフレ」という食べ物にどれくらい親しみを覚えるだろうか。

私たち日本人は、きっとおにぎりやお茶漬けほどにはスフレに親しみを覚えることはないのではないかと思う。「いいや、そんなことはない。私は三日に一度はスフレを食べずにはいられないたちなのだ！」という方もおられるかもしれないが。

少なくとも私にとっては、さほど親しみのない食べ物だった。国内外を旅していても、めったに食べる機会に巡り合わない。正直に告白すると、長いことお菓子の一種だと思いこんでいた。これがれっきとした「メイン」の食事になると知ったのは、かれこれ二十年以上もまえのこと、初めてパリを訪れたときだった。

そのとき私はアートコンサルタントをしていて、とある日本人のＶＩＰとともに、ルーブル美術館の近くにあった「スフレハウス」という名のレストランに出かけて行った。アメリカ人のアートディーラーと一緒だったのだが、彼が「パリにすばらしいス

フレを食べさせてくれる場所があります」と連れて行ってくれたのだ。「食事をしようというのになぜデザートが有名な場所へ行くんだろう。スイーツのバイキングができるカフェなのかな……」などと思いながらついていくと、これがほんとうに店の名前のまんまで、前菜、メイン、デザートのすべてがスフレ尽くしというスフレレストランだった。

それが私の実質的なスフレ・デビューとなったわけだが、いろいろな意味で衝撃だった。まずしょっぱいスフレが存在するということに衝撃を受け、さらに「こんなにおいしいものがフランスにはあるのか！」という衝撃。ふわっふわの食感、けれどしっかりお腹にたまって満足感抜群。

なんと不思議でおいしいんだろう。それ以来、どこかでおいしいスフレに巡り合えないかと虎視眈々《たんたん》と狙っていたのだが、なかなかメニューの中にみつけることができずにいた。

ところが先日、思わぬかたちで愛しのスフレと再会を果たした。パリの友人、デルフィーヌの自宅での夕食会。「今日はあなたのために特別なものを作る予定よ。タイミングが大事だから、到着まえに必ず連絡してね」と言われていた。

そしてテーブルに登場したのが、大きく膨らんだスフレ。「おばあちゃんのレシピよ」と自慢げに取り分けてくれたその味は、文句なく絶品。ああ、ようやく再会できた！まるでパリの化身のごときスフレ。私にとって特別な食べ物になった。

ロシアのクワス

真冬のモスクワに行ってきた。

「えっ、なんでまた真冬に？」と思われたかもしれないが、実は私、ロシア訪問は三度目、真冬のモスクワは四年ぶり二度目、「ロシアは冬に訪れるのが当然の国！」と考えている。ロシアも近年は暖冬傾向にあり、今日も最高気温はマイナス一度で、私の書斎がある長野県の蓼科の冬とさほど変わらない感じ。

加えて、年末年始のモスクワは街中がイルミネーションで華やいでいる。あっちでもこっちでもチカッチカのキラッキラである。日本でもこの季節は各地でイルミネーションイベントを開催しているが、モスクワの気合の入り方は他に比するものがないくらいだ。

さて、ロシア料理にはおいしいものがたくさんある。来るたびに「これは……！」としばし絶句するくらいの美味なるものに出会うのだが、今回もモスクワ二日目にして出会ってしまった。それもこれも、モスクワ在住の超絶デキる通訳女子、佐藤仁美さんの存在あってこそ。

佐藤さんはモスクワ大学に留学し、卒業後は通訳とコーディネイターの仕事に就いて、モスクワ在住八年。ロシア語の通訳はもちろん、ロシアの文化やライフスタイルに精通し、モスクワのすべてを知り尽くしている。そしてモスクワのグルメスポットにも詳しい。モスクワに彼女がいなかったら、私はこの地に舞い戻ることを考えなかったかもしれない、というほど頼りにしている。

そんな佐藤さんが「おいしい地元のもの」をやたら食べたがる私を、いまモスクワでいちばん人気のあるレストラン「カフェ・プーシキン」へ連れていってくれた。十八世紀の貴族の館を改装しておしゃれに生まれ変わったレストラン。佐藤さんのイチオシは、食べ物よりもドリンク、黒パンから作られた微発泡のジュース「クワス」である。黒パンを炒めて焦がし、砂糖とイースト菌、お湯を加えて二、三日で出来上がり。ロシアではとてもポピュラーな飲み物らしい。早速頼んでみたところ、これがビックリ。ほのかに黒パンの味がして、癖になりそうな味。佐藤さんいわく「この店のクワスはおいしいんですが、スーパーで売っているものの中には衝撃的なほどまずいものもあります」と。そこまで言われると逆に飲んでみたくなる。買ってみようじゃないか、とスーパーに立ち寄ってみた。が、「衝撃的なほどまずい銘柄」のクワスは置いていなかった。内心ほっとした。だって、ロシアはおいしい、その幻想をこわしたくないもの。

アートとグルメ

美術館のオムライス

美術館へ出かける際の楽しみのひとつに、「ミュージアムカフェ」に立ち寄る、というのがある。ずっと見たい！と思っていた作品や、最近注目しているアーティストの企画に触れたあと、その余韻に浸りながら（あるいは感動を増幅させながら）過ごすミュージアムカフェの役割は、結構重要だと思う。

美術館によっては、カフェスペースを「課金ゾーン」の外に、つまり入場チケットを買わなくても入れる場所に設置していることもある。その場合は、展覧会に行かずともカフェだけの利用も可能なわけで、アートな雰囲気を味わいながら、ランチを楽しむ――なんていうこともできて、また一興なのである。

私はかつてアートの仕事をしていたこともあり、作家になってからも大好きな美術館に足繁く通っているので、日本全国あちこちの美術館を訪ね、ほぼすべての美術館のカフェを利用したことがある――というのがもっぱらの自慢である。

どの美術館も、多くの人々に来館してもらうためには、展覧会やコレクションの充実ばかりでなく、飲食部門の充実も無視できないということを、近頃はわかっているようだ。地元の飲食店にカフェの運営を委託したり、地元産の食材を使ったスペシャルランチを提供したり、結婚披露宴や各種パーティーに貸し出したりと、工夫を重ねているようである。

私にとって、特別に忘れられないミュージアムカフェは、東京都美術館の「食堂」である。といっても、この食堂はもうなくなってしまった。十年以上まえに改装されてすっかりきれいになり、現代的な「カフェ」に生まれ変わった。しかし私は「食堂」時代にそこで食べた一品、オムライスがいまだに忘れられないのだ。

　十代の頃からずっと、私は上野に展覧会を観にいくたびに、都美術館の食堂に立ち寄り、いつもオムライスとクリームソーダを注文していた。どうしてこの組み合わせだったのかわからないが、とにかくこれ以外はありえないと思うほどの絶妙なカップリングだった。ライスはケチャップで味付けしてあり、鮮やかなオレンジ色、それを黄色い卵焼きがしっかりと包み上げていた。ひとさじすくって口に入れると、ああこれぞ昭和の味！　子供の頃に両親に連れていってもらったデパートの食堂のお子様ランチを思い出させるノスタルジックな味だった。

　おしゃれなミュージアムカフェもいい。だけどもう一度、あのオムライスを食べたいと、いまでも上野に行くたびに恋々としている。

ルーアンのチーズ

ノルマンディー地方にある小都市、ルーアンに行ってきた。

いったいどんな街だか、なんの予備知識もなかったが、とにかく行くことにした。なぜかといえば、ルーアンには有名な大聖堂があるからだ。その大聖堂は、あのクロード・モネの筆で描かれたことによってさらに有名になった。

『ジヴェルニーの食卓』で、モネの人生とその作風の秘密について「小説」として描いた。つまり、史実をもとにした「フィクション」である。ということはかなり私自身の妄想で描いている箇所も多い。実はこの小説を書いているときは、内心ずっとヒヤヒヤしていた。日本にはモネのファンが多い。下手なことを書いてはファンの皆さんに申し訳が立たない。といっても私自身が筋金入りのモネファンゆえ、下手なことなど書きっこないのだが……。

とにかくモネに関しては小説を書く前も書いた後も、常に全方位に好奇心のアンテ

チーズがうまいですよ
どこで買えますか
TAXI

ナを向け、東に展覧会ありと聞けば飛んで行き、西にモネがイーゼルを立てた場所ありと知れば訪ねて行くのを基本としている。

で、ルーアンである。モネが大聖堂の前にイーゼルを立て、時々刻々と移ろいゆく時間と光の中で、何枚もの連作を描いた街。パリから特急電車で一時間と少しで行けるという。これはとにかく行ってみるしかないではないか。

さてルーアンに到着してから、ようやく「ジャンヌ・ダルクの出身地」と知って、えっ、そうだったんだ！と遅いリアクション。そういうことなら前もって調べてきたのに……などと誰にともなく文句を言いつつ、いざモネの大聖堂へ。

おおっ、これはほんとにモネが描いた通

りの大聖堂じゃないか!……いや、モネは肉眼で見るよりもずっと大聖堂の正面に接近し、まるで写真をトリミングするように一部を鮮やかに切り取ってみせた。一瞬一瞬変化していく時間をカンヴァスに写し取るために、似たようなアングル、似たような画面で、けれど似て非なる連作を生み出したのだ。

ルーアンまで来て、なんだかモネに再会したような気分になった。さて、おみやげは何にしよう。気のいいタクシーの運転手に尋ねて、街いちばんのチーズ屋へ。「これが地元っ子に人気だよ」と勧められたカマンベールチーズを購入した。味見してみると、ふわっとミルクの香り、とろけるような舌触りと深いコク。モネもカマンベールのバゲットサンドをランチにしたのかな、などと思いつつ、何個も買い込んだ。

デザートは虹で

南仏、プロヴァンス地方のアルルへやってきた。

パリからTGVで二時間四十分、港町マルセイユにほど近い古い街で、コロッセウムや野外劇場など、ローマ帝国に支配されていた時代の遺構が数多く残されている。外気温は三十五度を超えていたが、カラッとしている。

なぜにアルルかといえば、小説の取材で、フィンセント・ファン・ゴッホの足跡を訪ね歩いているからだ。ゴッホは芸術のユートピアを夢見てパリからアルルへ移住する。ゴッホの誘いを受けたゴーギャンがそれに合流するが、わずか三カ月でゴーギャンはアルルを去ることになる。失意のゴッホは自分の耳を切り落とすという異常な行為に出て、その後、アルル近郊の村、サン＝レミ・ド・プロヴァンスにある精神病院に自ら入院する。ゴッホがアルルとサン＝レミで過ごした二年間は、彼の人生の中で最悪の時期であったにもかかわらず、精力的に絵筆を動かした結果、約二百点もの傑作を残した。ゴッホはやはり超人的な画家であったのだと、あらためて驚愕する。

アルルのあとにサン＝レミへと移動し、ゴッホが入院していた病院を見学した。ゴッホが寝起きしていた部屋の窓には鉄格子がはめられ、その向こうに彼が描いたアルピーユの山並みが見える。いったいどんな思いで、彼はこの場所で過ごしたのだろうか。

その夜、地元で評判のミシュラン一つ星のレストランへ出かけ、すばらしいディナーをいただいたのだが、なんとなく妙な罪悪感がつきまとった。ゴッホはきっと粗末な食事をしていただろうになあ。

そしていま、私は、サン＝レミを後にしてパリに向かうTGVに乗っている。一時間半遅れた上に、ふたつの便をひとつにまとめたとかで、せっかく一等車の指定席を買っていたのに座れない、という事態に。どうにかしゃがみこんだ場所は、食堂車。そのカウンターで、他に選択肢がなく、クロックムッシュを食べた。ところがこれがなかなかイケた。ベシャメルソースに塩っ気の強いハムをトーストサンドにした、たったそれだけ……なのだが。

ひょっとすると、ゴッホもこんなふうに満員電車に揺られ、パンをかじりながら、サン＝レミからパリへと戻ったのかもしれない。ふと車窓の外を見ると、大きな虹が。

デザートに虹をいただくなんて、めったにない。満員のTGV、乗客は和気藹々《あいあい》。パリ到着はまもなくだ。

パリの小説と展覧会とグルメ

二〇一五年十一月、小説『ロマンシエ』が発売された。『楽園のカンヴァス』の取材を機にパリに頻繁に訪れるようになった私は、アートにグルメにファッションにと、「取材」と称してさまざまな体験を積んできた。そしてパリが舞台の小説を次々に書いた。『ロマンシエ』も、私のパリ通いが結実した一作となっている。

美大生の主人公・美智之輔《みちのすけ》が、留学先のパリの街角で、謎の小説家・ミハルと出会う。物語はこのふたりの交流を中心にコメディータッチで展開される。五行に一回笑っていただき、最後はホロリ……という甘じょっぱいアートコメディーである。作中には、パリで私が足繁く通うお気に入りの場所が多数登場する。

物語の主な舞台となっているのが、リトグラフ工房「Ｉｄｅｍ《イデム》」である。エコール・ド・パリの時代、多くの芸術家たちが暮らしたモンパルナスに百三十年以上もまえから存在しているリトグラフ工房で、いまなお世界中から現代アーティストたちが集ま

り、リトグラフを制作している。この場所を訪れて、一目で恋に落ちてしまった私は、ここを舞台に『ロマンシエ』を書こうと決めた。そして、小説の中で「Ｉｄｅｍで制作されたリトグラフの展覧会を開催する」というストーリーに仕立てたのだが、実はこれがほんとうに実現することとなった。東京ステーションギャラリーで始まったこの展覧会は、『君が叫んだその場所こそがほんとの世界の真ん中なのだ。』という長いタイトルで、私が命名した。小説の中でミハルが美智之輔を励ます言葉を、そのままタイトルにしたのである。

　さらに作中には、パリきっての超人気レストラン「ル・クラウン・バー」が登場する。出版当時、このレストランのシェフは渥美創太さんだった。彼は私の友人であり、Ｉｄｅｍのアートディレクター、大津明子さんのご主人でもある。私にとって「ル・クラウン・バー」はパリのグルメの代名詞だった。独創的かつライブ感あふれる料理の数々には、いつも極上のサプライズがあった。定番のツブ貝のフリット、キノコとカニのスープのスフレ仕立て、根菜とフォアグラのパイ包み。どの皿にも創る喜びがあふれていて、楽しく食べることは楽しく生きることなのだと教えてくれた。

小説と展覧会、どちらにもパリのエスプリとアートのエッセンスがぎゅっと詰まっていた。渥美シェフの料理もしかり。私の心は、こんなふうに、いつもパリとともにある。それまでも、いまも、これからも。

ヴァンスのフリット

南仏にある町、ヴァンスに行ってきた。ニースの西、なだらかな山腹に広がる小さな町。これが二度目の訪問である。

六年まえ、短篇小説「うつくしい墓」の取材で初訪問した。この短篇には画家アンリ・マティスが登場するのだが、彼の晩年の代表作であり、また、彼の生涯を通してもっともユニークな作品、ロザリオ礼拝堂がこの小さな町にあるのだ。

マティスは晩年をニースで過ごした。そして、もともとは彼の看護師をしていたシスターが、礼拝堂のデザインの依頼を持ち込んだそうだ。

この礼拝堂、まるで小さな宝石箱のような特別な場所である。初めて訪れたとき、堂内に足を一歩踏み入れて、文字通り息をのんだ。真っ白な空間をステンドグラス越しの光がまばゆくきらめかせている。海と山の豊かな自然を表したというステンドグラスは、目の覚めるようなコバルトブルーと鮮やかなグリーン、そしてレモンイエローで構成されている。三色のガラスを通して、南仏の陽光が鮮明に堂内を照らし出す。

壁には白いタイルがはめ込まれ、ここにマティスが黒一色の力強い線描で聖母子と聖人の姿を描き出している。聖母子にも聖人にも顔が描かれていない。だからこそ、私たちはそれぞれのイメージにある慈悲の表情、おだやかな赦しの顔を思い描けるのだろう。白いタイルの上のシンプルな聖人像にも、ステンドグラスが反射して、色を添える効果をもたらしている。さすがマティス、色彩の魔術師と呼ばれただけのことはある。礼拝堂そのものをパレットに見立てて、空間の中で色を調合したのではないかとさえ思えてくる。

二度目の訪問のほうが、初めての訪問のときよりも、じっくり腰を据えて見ることができた。何しろ初めて訪れたときは、感動と興奮のあまり、挙動不審なほど落ち着きなく堂内をうろうろしてしまったので。今回は「そういえばお腹が空いたなあ」と思い出すほどの余裕があった。

というわけで、お楽しみのブレイク。町の中心にある広場へ行ってみると、何やらお祭りがあるようで、老若男女が集い、ドラムや笛を鳴らしてにぎやかだ。オープンエアのカフェのテーブルに陣取って、私が注文したのはジャガイモのフリット。隣の席の子供がおいしそうにつまんでいるのを見て、揚げたてのフライドポテトを食べたくなったのだ。

ボウルに山と盛られて出てきたフリットに、塩とフレッシュレモンをふりかけてつまむ。豊かな日曜日、祝祭の日。マティスに乾杯。

生ハムメロン

前項で紹介した南仏の町、ヴァンスにほど近いところに、サン・ポール・ド・ヴァンスという、小さな町がある。

中世の雰囲気を色濃く残す場所で、町の中心にはいまなお古い城壁が残っている。入り組んだ坂道の路地沿いに、小さな店が肩を寄せ合うようにして並ぶ。そして、店先ににぎやかに並んだみやげ品の数々が観光客の目を楽しませている。

この小さな町に、心躍るホテルがある。……いや、ホテルと呼ぶのはなんだかしっくりこない。オーベルジュと呼んだほうがいいかもしれない。宿の自慢の料理が食べられるレストランが併設されているから、やはりオーベルジュと呼びたい。

オーベルジュの名は「ラ・コロンブ・ドール」。「金の鳩」という意味だ。聞けば、中世に造られた家を改築してそのまま使っているという。なるほど、部屋もレストランも、時の経過がかもしだす味わい深い雰囲気があるのだが、なんといってもすばら

しいのは、いたるところに飾られているアートの数々だ。
宿に一歩足を踏み入れると、あちこちの壁に絵が掛けられ、隅々にオブジェが置かれている。「これはどう見てもレジェのようだけど……」と近づいて、近くに付いている作品のプレートを確かめると「フェルナン・レジェ」と作者名が書かれている。「えっ⁉」と驚きながら隣の絵を見ると、どこからどう見てもミロの作品。プレートをチェックすると、やっぱり「ミロ」。でもって、その横に目を移すと、どこからどう見てもピカソが……！
驚くべきことに、この宿は、美術館レベルの作品を「普通に」飾っているアートオーベルジュなのである。バカンスや制作のためにこの町へやってきたアーティストたちが、ここのレストランで食事をし、オーナーと親しくなって、作品を残していったのだという。もう三十年もここで給仕をしているというムッシュウが「私がここで働き始めた時からずっと、あのピカソはあそこに飾ってあるよ」と得意げに話してくれた。てきぱきと動くギャルソンたちの仕事ぶりもカッコいい。ベテランギャルソンにサーブされた料理の数々は、どれもこの宿の名物ばかり。中でもすばらしかったのが生ハムメロン。メロンを半分にくり抜いて器にし、小さなボール状のメロンを生ハムで包んで入れてある。とろけるように甘くて冷たいメロンと、ハムのしょっぱさが舌の上でハーモニーを奏でる。「おいしいでしょ？」とギャルソンがウインク。粋だなあ。

テートのエスプレッソ

またまたパリからロンドンへ行ってきた。

すでに述べた通り、パリからロンドンへはアクセスが抜群によい。が、どんなに行きやすかろうと、いちおう「外国」へ行くわけだから、出入国審査はある。しかし、朝夕のラッシュアワーでない限り、こちらもいたってスムーズ。ささっと乗り込んで、車内でちょっと仕事をして、ウトウトしているうちに到着。すぐさまタクシーに乗り込んで、目的地へゴー。あまりにも簡単で、タクシー料金を支払う段になって、そういえばユーロしか持っていなかった……なんてことに。今回もまさにそうだったのだが、最近のロンドンタクシーはクレジットカードも受け付けてくれる場合もあるので、どうにか助かった（とはいえ、いまだに現金のみというタクシーも多いようなので、渡航される方はご注意を）。

さて今回のロンドン訪問は、テムズ河畔にそびえ立つ近現代アートの殿堂、テート・

モダンで開催中の展覧会、「ジョージア・オキーフ展」を見るのが目的のひとつ。テート・モダンは、イギリスを中心としたヨーロッパ美術のコレクションで有名な美術館、テート・ギャラリーの近現代部門を独立させ、二〇〇〇年にオープン。もともとは火力発電所だった施設をベースに、スイスの建築事務所、ヘルツォーク・アンド・ド・ムーロンが設計を担当した。そもそも広大な展示面積だったが、二〇一六年に拡張工事が完了し、さらに広大な美術館になった。丸一日いても足りないくらいである。すばらしいのは、週末を美術館でゆっくりと過ごしたいアートファンのために、土曜日は夜十時まで開館していること。

これを知っていたので、私は土曜日の夜六時半にロンドンに到着、その足でテート・モダンに出向いた。四時間まえにはパリにいたのに、いまはもうロンドンで大好きなオキーフの絵に向き合っている幸せたるや。

鑑賞のあと、新館のバーで一休み。美術館にバーがあるなんて、なんてすてきなんだろう。アート好きの若者たちが、わきあいあいとにぎやかに語り合っているのを眺めるのも楽しい。私はアルコールではなく、エスプレッソとチョコレートケーキを注文。コーヒーのほろ苦さがじんとくる。とろけるほど甘いケーキが、エスプレッソと抜群のハーモニー。ほんのり疲れた体に染み入るほどおいしく感じられた。

ローマのアーティチョーク

ローマに行ってきた。

二〇一六年の春に日本でも展覧会が開催されたカラヴァッジオの作品の数々を見に行くのが目的だった。

カラヴァッジオは、十六世紀から十七世紀にかけて、ローマを中心に活躍したイタリアの画家である。卓越した絵画技法や表現力もさることながら、劇的な光と闇の対比を描いて、バロック時代を代表する画家となった。ルネサンス以降、イタリアにはレオナルド・ダ・ヴィンチやミケランジェロ、ラファエッロなど、数々の天才芸術家が登場したが、カラヴァッジオもまた、美術史において大きな足跡を残した。

ミラノ生まれのカラヴァッジオがローマへやって来たのは一五九二年のことである。天才的な絵描きであったにもかかわらず、荒くれ者だった彼は、けんか沙汰でミラノにいられなくなり、着の身着のままでローマへ逃げてきたという。

ローマの人々はこの天才画家を驚きと称賛をもって迎えた。次々に注文が舞い込み、カラヴァッジオは精力的に仕事をこなした。彼の代表作のいくつかは、ローマ市内にある教会で見ることができる。私は、カラヴァッジオの巡礼者となって、これらの教会を訪れて回った。どこへ行っても、カラヴァッジオ巡礼中の人々で作品の前は大変な混雑だった。薄暗い教会の中、スポットライトが当てられたカラヴァッジオの絵は、まるで映画のワンシーンのように浮かび上がって、胸に迫ってきた。

ローマには、カラヴァッジオが大好きだったという名物の食べ物、アーティチョークのオイル焼きがある。アーティチョーク（西洋アザミ）は、日本ではあまりなじみがないが、ヨーロッパでは一般的な野菜で、ごく普通に手に入る。

あるとき、カラヴァッジオは食堂で出されたアーティチョークの味つけが気に入らないと言って、給仕をなぐったという。この逸話からも、彼がどれほどけんかっ早い男だったかがわかる。ついには殺人を犯してしまったカラヴァッジオは、ローマを追われるはめになる。帰りたいと願いつつ各地を転々とし、ローマへの帰途の船上で絶命する。

私もアーティチョークのオイル焼きを注文してみた。硬い外皮をむいて、中のやわらかな芯の部分を食べる。ほっくりとした食感はサツマイモに似ている。ほんのりとした甘味も。荒くれ者の天才画家は、こんなやさしい味を好んでいたのか。張り詰めた画家をなごませた味は、旅人の私にもやさしかった。

MoMAのアスパラリゾット

ニューヨークへ行って来た。

森美術館開設準備室（同館のオープンは二〇〇三年）でキュレーターをしていた二〇〇〇年の夏、ニューヨーク近代美術館（MoMA）にリサーチャーとして派遣された。半年足らずの滞在だったが、まさしく夢のような日々だった。

二十歳の頃、神戸の街角にある雑貨店でアルバイトをしていた。この店では海外のミュージアムグッズなども販売していて、MoMAのダイアリーを売っていた。このダイアリーにはMoMAのコレクションの写真がたくさん載せられていて、眺めるだけでもため息ものだった。

当時、家庭の経済状況が逼迫《ひっぱく》していて、学業よりもアルバイトに精を出さざるを得なかった私は、学友たちがロサンゼルスだのハワイだの、ホームステイやサーフィンに行っているあいだも、とにかくアルバイトをしまくっていた。海外旅行なんて夢の

また夢、MoMAに行くなんて宇宙旅行レベルの話だった。
アートが大好きな学生だった私は、せめてMoMAのダイアリーを毎日眺めて暮らしたいと思った。当時三千円近くしたそのダイアリーを、私は清水の舞台から飛び降りる思いで購入した。週一回の雑貨店でのアルバイト代が月一万円ちょっと。一回分のバイト代に匹敵する高価なダイアリーを持つなんて、身の程知らずも甚だしい。それでもなんでも、私はMoMAのコレクションを毎日眺めて暮らしたかったのだ。
それから十数年後、MoMA勤務が決まったときのうれしさといったら、ほんとうにどんな言葉もないくらい。作家になってからも、MoMAを訪れると、思わず「ただいま」と言いたくなる。勤務時に私のボスだったインターナショナル・プログラムのディレクター、ジェイ・レヴェンソンは、いつ行ってもあたたかく出迎えてくれる。今回は、MoMAの一階にあるレストラン「ザ・モダン」のランチに招待してくれた。

　レストランは、摩天楼のあいだにぽっかりと空いた美しい隙間のような彫刻庭園に面している。庭の新緑をそっくりそのまま皿の上に移したみたいなグリーンアスパラガスのリゾットをいただく。クリーミーなグリーンのソースとアスパラのしゃきしゃきした歯ごたえが春を感じさせる絶品。「今度の小説にもまたMoMAが出てくるんだけど……」との私の説明に、ジェイはにこにこして「おもしろそうだね、読んでみたいな」。いつか英訳本を出版できたら、真っ先にMoMAに寄贈しよう。それが私の新しい夢になった。

クリムトとルーブル

パリで、実に興味深い映画を観た。「ウーマン・イン・ゴールド」というタイトルのアメリカ映画で、主演は「クィーン」でアカデミー主演女優賞を受賞したヘレン・ミレン。彼女のさっそうとした演技も秀逸ながら、すばらしかったのは、この映画が史実に基づいたドラマであったこと、そして画家・クリムトの筆による傑作「アデーレ・ブロッホ＝バウワーの肖像1」を巡る、ある歴史的な事件が主題になっていたことである。

アートが三度の食事より好きな私であるので、ここで本作についてひとつ解説をぶちたいところなのだが、それはいずれまた別の機会に。とにかく、いい映画を観たあとは、気分が上がっている。まっすぐ帰るなんて愚の骨頂、ここは一杯引っかけていきたいところである。気分的にはしゃれたカクテルかな。せっかく極上のアート映画を観たんだし。とはいえ、私、実は下戸なのだが……。

映画を観たのは、パリの中心部にあるレ・アールのシネマコンプレックス。日曜日のレイトショーで、夜十時半スタート、終演後は真夜中の〇時をとっくに回っていた。友人たちと人気の少ない通りをそぞろ歩くうちに、見覚えのある通りに出た。そこは、「ルーブル通り」という名で、文字どおりルーブル美術館の巨大な建物の東の端へと繋がっている。私はこの通り沿いの古いアパルトマンを三カ月間借りて『楽園のカンヴァス』の取材を敢行したのだった。二〇一〇年のことである。

当時は「ついにルーブルの隣人になった！」と興奮して、美術館に日参した。そりゃそうである、ルーブル美術館まで徒歩三分。近所のコンビニに立ち寄る気軽さでルーブルに行けるのだ。行かなきゃソンでしょ、とばかりに通い詰めたのが、ついきのうのことのようによみがえる。

そのときにみつけた、ルーブル東側にあるカフェ「ル・フュモワール」。ここのテラス席が圧巻で、目の前にルーブル美術館がどーん！とそびえ立っている。ルーブルを眺めながらカフェ・アロンジェ（アメリカンコーヒー）をすする……夢のようなひとときを何度も味わった。

確か、あのカフェは深夜一時過ぎまで開いていたはず。行ってみると、まだまだにぎわっていた。私たちはテラス席に陣取って、カクテルを注文した。私はレモンジュースペースで、クリムトのゴールドのようにぴりりと鋭いノン・アルコールカクテルを。

頭の中はクリムト、目の前はルーブルでいっぱい。グラスの中だけがすぐに空っぽになった。

ヘミングウェイの好物

『暗幕のゲルニカ』の取材のために、私は単身でスペイン国内五都市を旅して回った。マドリードからスタートし、南部の都市マラガ、北部の都市ビルバオ、ゲルニカ、そしてバルセロナ。マドリードには「ゲルニカ」が展示されているソフィア王妃芸術センターがある。マラガはピカソの生まれ故郷で、ピカソ美術館がある。ビルバオにはグッゲンハイム美術館ビルバオがあり、バルセロナにもピカソ美術館がある。そしてゲルニカは、ピカソが世紀の傑作「ゲルニカ」を描くきっかけとなった空爆を受けた悲しい過去がある町だ。取材のために全部の街へ行くしかないじゃないか！

まずはマドリードで腹ごしらえをしなければ。そう、何事もおいしい地元のものを食べることから始めるのが私の取材のポリシーなのである。

マドリードでは、ぜひとも行ってみたい店があった。店の名前は知らないのだが、あのヘミングウェイが「日はまた昇る」を書いたとかいう、古いレストランが残って

いることを、ネット情報で知ったのだ。ホテル・リッツのコンシェルジュに尋ねてみると、「ああ、『ボティン』ですね」と即答。「予約して差し上げましょう」と、すぐに電話してくれた。こういうところが名門ホテルは気が利いている。「取材だから」と無理して泊まった価値があるというものだ。

実は私、心底ヘミングウェイを敬愛している。どのくらい敬愛しているかといえば、パリでヘミングウェイが泊まったというホテルに泊まり、ヘミングウェイが小説を書いたというカフェで自分も小説を書き、いつかヘミングウェイの短編を翻訳してみたいと妄想するくらいである。だから「ボティン」ではヘミングウェイの好物だったという子豚の丸焼き「コチニージョ」を早速注文。ひとりで丸焼きなんて食べられるんだろうか、とも思ったが、とにかく食べなきゃ始まらない。

出てきたのは褐色に焼き上がってスライスされた子豚のロースト。皮はぱりっぱりで、北京ダックのような感じ。草を食べる前の乳飲み子豚なんだそうな。ビジュアルを想像するととても食べられないので、それは封印してから、ぱくり。やわらかで香ばしい肉は滋味にあふれ、やめられないほど。結局全部平らげた。帰り際に、ヘミングウェイが執筆した席と、十八世紀の創業時から使われ続けている窯のそばの棚にずらりと並んだ子豚の顔を拝んできた。心の中でこっそり合掌、感謝。

マラガのピンチョス

『暗幕のゲルニカ』の取材旅行。マドリードからスタートし、次なる目的地は、ピカソの生まれ故郷、マラガである。

ピカソは一八八一年にマラガで生まれた。美術教師をしていた父親の影響もあってか、幼い頃から絵を描いていたが、息子のあまりの神童ぶりに父は脅威を感じたそうである。「いずれこの子は自分を超えた存在になる」と予感した父は、画家としての道を断念したとか。

マラガはスペインの南端にある港湾都市で、アルボラン海の向こうはアフリカ大陸である。私が訪れたのは十一月だったが、日差しの力強さは初夏のようで、日中は二十度を超える暖かさだった。街の人々はひたすら陽気でやたらオープン。目が合えば「オラ！（やあ）」と気軽に声をかけてくる。なるほど、こんなところでピカソは生まれ育ったのか。

青春時代には外へ外へと向かっていったピカソ。晩年は海に近い光あふれる南仏の小村で暮らした。ピカソの原点にはマラガの街とマラガ人の気質があったのだな、と納得。

ピカソの生家は街中にあるアパートで、いまではピカソの記念館になっている。私には、生家よりもそのすぐ前にある広場のほうが印象的だった。広場では市民が集って思い思いに過ごしていたのだが、子供たちが鳩の群れを追いかけて遊んでいた。ピカソが子供の頃描いた鳩の絵を見たことがある。いまにも飛び立ちそうなほど生き生きとした鳩たち。ピカソもこの広場で鳩を追って遊んでいたんだなあ。

その広場を見渡すバールでひと休みした。オープンエアのテラスは、立ち飲みする人々で賑わっていた。あまり飲めない私だが、ちょっと一杯飲みたい気分に。ビールとピンチョスを注文した。

ところが、出てきたピンチョスをひと目見てぎょっとなった。薄くスライスしたパンの上に、うにょうにょ～っと白くて細くて長い塊がのっている。……な、何これ？　あのー、すいません、食べられるものですよね？　私の目には、あの、その、か、回虫……のようにしか見えないんですが。

食べるべきか、食べざるべきか。ビジュアルが強烈過ぎて、手が出せない。ええい、ままよ！と目をつぶって、ひと口で食べた。味わう間もなく、ごっくんとのみ込む。

ああ、食べてしまった。いったいなんだったんだろう？　マラガのピンチョスの謎は未《いま》だ解けていない。

ビルバオのエスプレッソ

　ピカソの生まれ故郷、スペイン南端の都市・マラガから、空路で北部のバスク地方へと移動した。この地方はビスケー湾の海の幸、豊かな山の幸に恵まれ、また、美食の国・フランスと隣接していることもあってか、あのミシュランガイドの星付きのレストランが多々存在している……ということで「美食世界一」らしい。

　ううむ、ここまで来たらぜひとも星付きレストランとやらに挑戦したい。なかでも、サンセバスチャンという小都市が格別にすごいという噂も聞く。どうやらミシュラン三つ星レストランが三店舗もあるとか。この街目指して世界中から美食家が集まってくる……とネット検索するうちに、当初の予定から逸脱して、すっかりサンセバスチャンに行く気満々に。

　いや、ちょっと待て。そんなことやってる場合じゃない。小説の取材に来てるんだから、美食巡りしてるわけじゃないんだからね、と自分に言い聞かせる。そして、誘惑になんとか抗《あらが》って、予定通りビルバオへやって来た。

ビルバオはバルセロナに次ぐ工業都市で、芸術文化とはさほど縁のない街だったが、一九九七年にニューヨークにあるグッゲンハイム美術館の分館、グッゲンハイム・ビルバオが開設されてから、一躍世界の注目を浴び、アートシティの仲間入りを果たした。いまでは「ビルバオ＝すごい美術館がある街」のイメージがすっかり定着している。

何がすごいって、建築である。アメリカ在住の建築家、フランク・ゲーリーによるデザインは奇抜のひと言。銀色のアルミニウムでコーティングされた外壁、猛々《たけだけ》しくうねる曲線。まるで甲冑《かっちゅう》に身を包んだモンスターのようだ。まず外観に度肝を抜かれ、大小の展示室で構成された内部での秀逸な展示にも驚かされる。巨大な現代アートの彫刻からエゴン・シーレの小さなドローイングまで、すべてが圧巻だった。なんという知的好奇心に満ちた美術館なんだろう！

驚いたり感心したりして、少々ぐったり。陽光まぶしい中庭のテラスでひと休み。何気なく注文したエスプレッソに角砂糖をひとつ、これがとびきりおいしかった。熱くて苦くてほんのり甘い、そしてほんの三口でおしまい。星付きレストランに行かずとも、美術館とアートと一杯のエスプレッソで、ほっと心がなごんだひとときだった。

ゲルニカのタパス

バスク地方・ビルバオ訪問の後、今回の旅の最重要目的地、とある小さな町へとひとりで日帰りツアーをした。その町の名前は「ゲルニカ」という。

拙著のタイトルの一部になっているこの町。二十世紀を代表する芸術家、パブロ・ピカソが描いた絵画「ゲルニカ」によって、その名は世界に知れ渡った。私の小説も、ピカソと彼が描いた「ゲルニカ」を巡るサスペンスである。史実をフレームにして、その上にフィクションを構築した。

ピカソがこの町をモチーフにして巨大な壁画とも呼べる作品を創作した背景には、悲しい歴史があった。一九三六年、スペインで軍事クーデターが起こり、翌三七年、反乱軍に加担していたナチス・ドイツが、ゲルニカに空爆を行った。これが人類史上初の一般人を巻き込んだ無差別攻撃となった。

当時パリではまもなく万博が開催されるタイミングで、ピカソは内戦真っただ中の

スペイン共和国から万博のスペイン館のために作品制作の依頼を受けていた。ゲルニカ空爆のニュースを知ったピカソは憤然とし、この悲劇を巨大なカンヴァスに描き、封じ込めた。以来、ピカソの「ゲルニカ」は反戦のシンボルとなり、小都市ゲルニカの名を永遠に残すことになる。

私は子供の頃からピカソに憧れ、この偉大な画家と「ゲルニカ」について、いつか自分の創作に取り込んでみたいと思い続けてきた。そうしてようやくそのときを迎えたのだ。取材にもがぜん気合が入る。

ビルバオからローカルバスに乗って小一時間、ゲルニカに到着した。おお、ついに……！　ゲルニカは、なんの変哲もない小さな町だった。いま、ゲルニカでは、人々が普通に暮らし、穏やかに生きている。だからこそ尊いのだ、としみじみ思った。

ぐるりと町中をひと巡りして、遅いランチのために駅の近くのバールに入った。やはりなんの変哲もない店。カウンターを見ると、大皿に入ったタパスがずらりと並んでいる。イカのトマト煮、タコとオリーブの和《あ》え物、ポテトのオムレツ。カウンターで好きなものを好きなだけ注文できるシステムだ。三種類ほど注文して、立ったままで「いただきます」。スペイン風オムレツ「トルティージャ」は塩加減絶妙で、ポテトのほくほく感がなんとも味わい深い。なんの変哲もない食事。それこそが平和の証しなのだと噛みしめた。

何度でも通いたい店

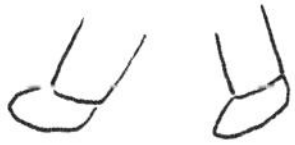

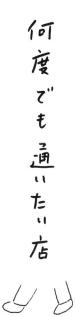

穴子のひつ蒸し

「人に教えたくない名店」というものがある。あまりにも人気が出て、「誰でも知っている店」になってしまうと、いつ行っても満席で、予約も取れなくなってしまう……まあ、お店にとってはそのほうがいいには違いないだろうが、ずっと前からの常連客にしてみれば「昔はよかったなあ」ということになる。だから「この店は誰にも教えずに、こっそり通おう」と思うのも、食いしん坊の人情だ。

一方、逆に「人に教えたくなる名店」というのもある。たまたま誰かの紹介で知ることになった店で、それがまったく予想もしなかったほどすばらしかったりすると、紹介してくれた人に感謝しつつ、「教えてもらった店だから、また誰かに教えてあげよう」という気持ちになる。特に、地方に旅したとき、地元の人の紹介で、その土地らしい特色を備えた店を知ったときなどは、「ぜひ誰かに教えなければ！」と、使命めいた気分になって、大いに宣伝したりする。

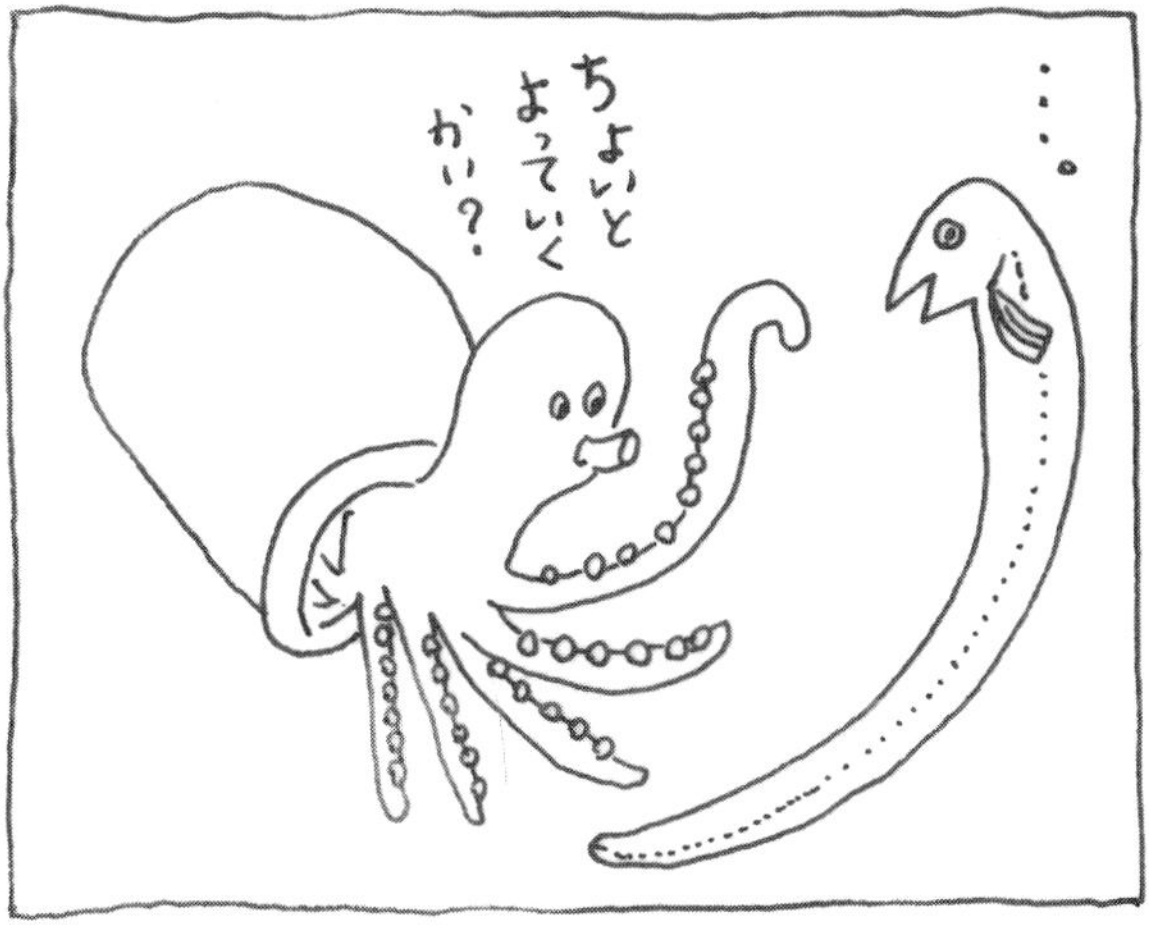

私には、そんなふうにして、ことあるごとに紹介してきた各地の名店がある。

たとえば、広島のえびす通り商店街にある割烹「たこつぼ」が、そのひとつである。名前からして覚えやすくてユニークなこの店は、十年ほどまえに、広島へ取材に行ったときに紹介されて立ち寄った。

そのとき、私は作家デビューしたばかりで、毎日新聞社の文芸誌に、史実をベースにした小説『翼をください』を書くことになっていた。戦前、世界一周を果たした毎日新聞社用機「ニッポン号」についての小説である。登場人物のひとり、吉田重雄副操縦士の夫人が広島在住であり、亡くなったご主人の話を伺うために彼女のもとを訪ねた。

当時九十歳近くだった吉田さんは、かくしゃくとしたカッコいい女性で、ひとりで晩酌をしに行くいい店があるからと、私を「たこつぼ」にお連れくださったのだ。そして、駆け出しの作家である私に「いいものを書いてください」と、ごちそうしてくださった。そのときに食べた穴子のひつ蒸しのおいしさは忘れられない。

それ以来、広島へ行くたびに立ち寄っている。先週も訪ねて、穴子のひつ蒸しを注文した。四角い「ひつ」で、ひとつひとつ、注文が入ってから蒸すのだそうだ。ふたをあけると刻み海苔の香りが立ち上る。海苔の下には、炊きたてのご飯にのせられた、ふわふわでほんのり甘い穴子。取材旅の喜びと、旅グルメの楽しさを教えてくれた名店である。

パリのアラブ料理

二〇一五年十一月、パリで同時多発テロが起こった。襲撃されたコンサートホールやカフェのあるパリ10区、11区は、私もたびたび訪れているエリア。目立った観光スポットなどはないけれど、パリっ子たちに愛されている気さくでにぎやかな地域である。金曜日の夜のにぎわいが、突如凄惨《せいさん》な事件現場に変わってしまった。犠牲になった方々や、残された人々の心情を思うと、どんな言葉もみつからない。

事件から二週間が経過した頃、パリ在住の友人たちに状況を尋ねてみると、パリ市民は努めて普段通りの暮らしを取り戻そうとしている、という。誰にも自分たちの生活があるのだ、おびえてばかりもいられない。しっかりと前を向き、すでに歩き出しているパリの人々。心から応援したいと切に思う。

今回の事件で、パリに暮らす移民の問題が取りざたされた。聞けば、パリの全人口の約一〇%が移民だということだ。アラブ系の移民も多い。今回の事件を機に、移民へのまなざしが厳しくなることが懸念される。じゅうぶんな教育が受けられない子供たちや、日常的に偏見や差別を受けている人もいる。その上に負の連鎖が起これば、それはかえって状況を複雑化し、根本的な問題の解決を遠ざける結果になってしまうだろう。

一方で、パリは移民や外国人をおおらかに受け入れてきた歴史を持つ。花の都に憧れて、外国から移住してきた人々がパリの歴史を豊かに彩りもした。二十世紀初頭のエコール・ド・パリを思い出してみるといい。ピカソも、モディリアーニも、藤田嗣《つぐ》治《はる》も外国人だった。それでも、いいものはいい、とパリは彼らを受け入れてきたのだ。

食の文化もそうだ。最近は、フレンチレストランの厨房には必ずといっていいほど日本人の料理人がいるという。日本人シェフが活躍しているレストランも数多くある。また、アラブ系のレストランにもおいしい店がたくさんある。

私がよく行くアラブ料理の店では、本格的なタジン料理を楽しめる。とろとろに野菜を煮込んだトマトベースのスープをクスクスにかけて食べると、ほっとなごむ。私をいつも歓迎してくれるアラブ系移民のスタッフは、とびきりの笑顔でサービスしてくれる。ほんとうに大好きな店だ。

パリの懐の深さを知るには、おいしいものを食べに出かけるのがいちばんいいと思

う。大好きなパリ、おいしいパリ。パリのすばらしさを実感するために、さあ、また
パリへ舞い戻ろう。

越前がにのチャーハン

初冬の金沢へ行ってきた。

北陸新幹線が開通したこともあって、金沢は大ブームになっている。新幹線開通直後にも訪問する機会があったのだが、新幹線改札口を出た瞬間、「いったいここはどこ？」というくらいの大混雑ぶりに驚かされた。改札口前のおみやげコーナーは、日曜日の原宿駅竹下口かとみまごうほど。

金沢にはさまざまなみどころがあるが、特筆したいのは、現代アートの美術館である金沢21世紀美術館。ＳＡＮＡＡ（妹島《せじま》和世＋西沢立衛）の設計によるフラットな円形の建築は、あちこちからアクセス可能なユニークなつくりで、オープン以来多くの市民や観光客に親しまれてきた。私も大好きな美術館で、いままでも幾度となく訪問してきた。日本にいくつか存在している現代アート専門の美術館は、残念ながら印象派の展覧会ほどにぎわっていないのが常である。そんな中で、21世紀美術館はかなり

そや、えら
びっくり
した
でー
へええ!!
あんさん
チャーハンに
なったん？
天国にて

健闘しているほうだったが、新幹線開通後に行ってみたところ、ほんとうに目を疑った。現代アートを展示する大きな空間を埋めつくさんばかりに、ものっすごい数の人々が押し寄せていたのだ。ついに日本の現代美術館もここまできたか、と感慨深い思いがした。

そして金沢で忘れてはならないのが、海の幸である。特に冬は、おいしい魚介類がずらりと揃っている。ゆえに、金沢を訪問するなら、なんといっても真冬がベストシーズンなのである。

十年ほど前から、冬に金沢に行くたび必ず立ち寄る割烹がある。飲食店が建ち並ぶ大工町にあるその店は、なんということのない佇まいの店ではあるが、地元の人が足繁く通う店で、浮ついたところが少しもないのが好感度大。食事はなんでもおいしいのだが、ここを初めて訪れたとき、秘密の裏メニューを教えてもらった。それこそが「越前がにのチャーハン」。衝撃のうまさであった。

板さんが目の前で作ってくれたので、手順も入っているものもすべて克明に覚えている。フライパンに溶き卵と越前がにの白い身を贅沢に投入、さっと炒めてご飯に絡める。イカの魚醬《ぎょしょう》「いしる」、かにの出汁《だし》と甘酢を少々、仕上げに炒《い》りごまとセリをぱらり。九谷焼の大皿にさっと盛り付けて、ハイ！　どうぞ。悶絶のうまさ。もちろん、今回もこの店へ。裏メニュー作ってもらえますか？とドキドキしながら尋ねると、こっそり作ってくれた。だからこっそり舌鼓を打った。やっぱり、至福のひとときだった。

グルメ・ゲットー

アメリカ人の友人一家が日本へ遊びにやってきた。ジェーンと夫のハル、長男のジョノと次男のジョジョ。ハルとジェーンは六十代で、ジョノは二十九歳、ジョジョは二十三歳。ファミリー全員が大の日本びいきで、何度も来日している。

彼らとの付き合いは、私が小説の取材をしたことがきっかけで始まった。戦後、アメリカに統治されていた沖縄を舞台に、米軍医と沖縄の画家たちの友情を描いた『太陽の棘《とげ》』。この物語は実話をベースにしたフィクションであり、主人公の精神科医エドにはモデルが存在する。そのモデル、サンフランシスコ在住のスタインバーグ医師を恩師と慕っているのがジェーンだった。私がスタインバーグ医師を取材するためにサンフランシスコへ出かけたとき、何くれとなく面倒をみてくれたのもジェーンだった。気さくでやさしい彼女のファミリーもまたとてもすてきで、私たちはたちまち古くからの友人同士のような仲良しになった。

ジェーンたちは、サンフランシスコから電車で三、四十分ほどいったところにあるバークレーという地域に住んでいる。そして夫のハルは、そこで複数のレストランを経営している。石焼き釜のピザの店、タパス・レストラン、イタリアン・レストラン、コーヒーがおいしいカフェなど。何度か遊びにいったのだが、どの店も素材にこだわり、メニューに工夫を凝らしていて、とてもおいしい。店があるのが「バークレー」なのも、レストランにとってはいい刺激になっているんじゃないかと思う。

アメリカン・フードといえば、代表はハンバーガーやステーキ。そして日本食にくらべると大味で、質より量を重んじるイメージが強い。が、アメリカの中でもバークレーは違う。バークレーのレストランは、ほんとうに特別なのだ。

バークレーには「シェ・パニーズ」という伝説のレストランがある。オーナーが「地産地消」を提唱し、「朝仕入れたものをすぐ料理する」というスタイルで料理を提供し続け、世界中で評判になった。アメリカ大統領もお忍びで来るんだとか。この店の影響で、志を同じくする料理人やプロデューサーが続々とバークレーで店を開き、いつしかその地域は「グルメ・ゲットー」と呼ばれるようになった。ハルの店もそこにある。

年末に日本へやってきた一家を、蓼科の我が家に招いた。しゃぶしゃぶやうな重でもてなすと、「日本はおいしい、すべてが特別だ」と口を揃えて喜んでいた。おいしいものには言葉の壁も国境もないのだ。

そらまめ食堂

とてもユニークで楽しい会食があった。

私の古い知人、ギャラリストの白石正美さんが、ちょうど一時帰国していたパリ在住の日本人クリエイターたちとともに、夕食へお招きくださった。白石さんは上野・谷中にある「スカイ・ザ・バスハウス」という銭湯を改造したギャラリーのオーナーで、世界中をいつも飛び回っておられるグローバルな御仁だが、地域の活性化にも心血を注いでいる。「地元にちょっといい店があるからお連れしましょう」と、どこへ行くとも明かされぬままについていった。

住宅街を歩いていくと、古民家を改造した小さな居酒屋やパン屋が軒を連ねる一角に行き当たった。民家の古い味わいを活かしたこの一角は「上野桜木あたり」と命名され、白石さんと仲間たちがプロデュースをなさったとのことだった。

さてはこの居酒屋で食事会か、と思ったら、「僕の知り合いの家にちょっとお邪魔

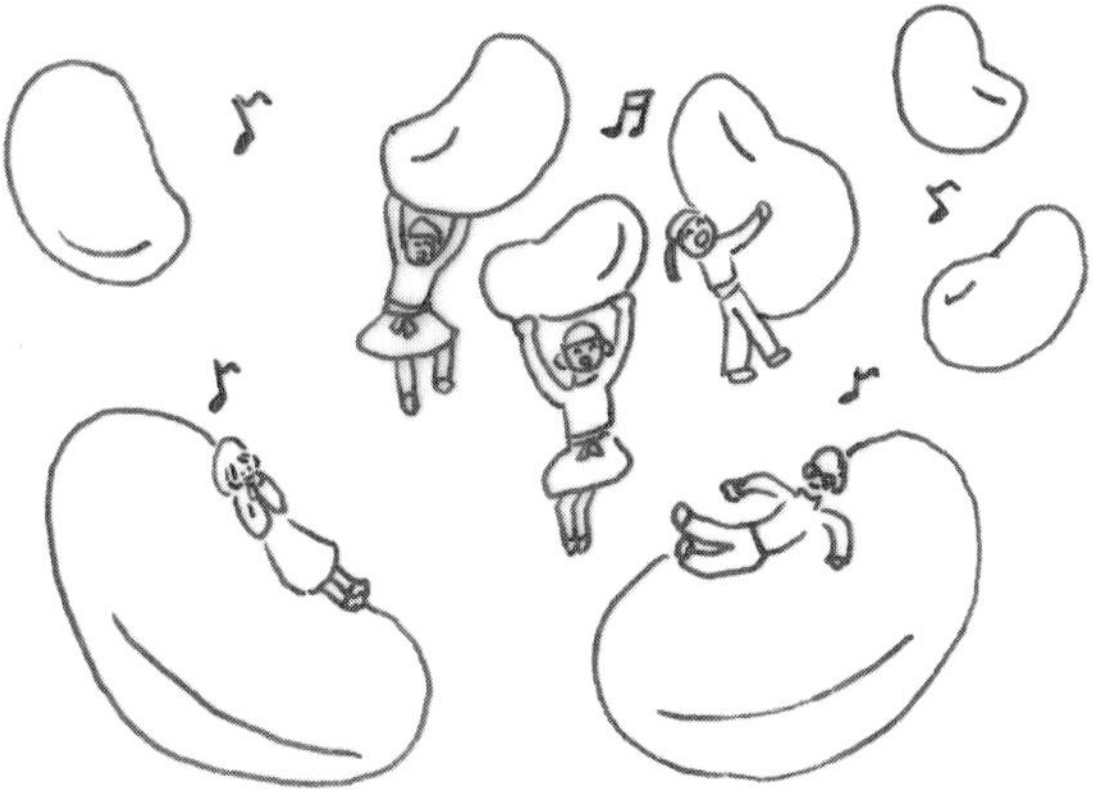

しようか」と白石さん。パン屋の隣にこれまた雰囲気のよい古民家が。「こんにちは〜」と入っていくと、「いらっしゃいませ、どうぞ中へ」と、きらきらした笑顔の三十代とおぼしき女性三人が出迎えてくださった。

　え？　ひょっとして、予期せぬおしゃれシェアハウス取材？と思いつつ中へ入ると、大きなダイニングテーブルにしゃれた器がセッティングされている。きょとんとする私たちに向かって、白石さんは、いかにもうれしそうに「実はここ、僕のプライベート・ダイニングなんだ。どう、びっくりした？」と種明かしをした。えーっ、ほんとに!?　いや、ビックリ。まんまとのせられてしまいました。

出迎えてくださった三姉妹のような女性たちは、食のユニット「ｓｏｒａｍａｍｅ」のメンバー、二福千明さん、瀧内未来さん、唐澤美和さん。いつも食事をともにする仲良しママ友だった三人は、「ちょっとだけ食で暮らしを豊かに」をコンセプトに、料理のワークショップを開き、プライベート・ダイニング「そらまめ食堂」を運営している。「外国からのコレクターとかアーティストとか、色んなゲストをここにお連れするととても喜ぶんだよ」と白石さん。高級レストランじゃなくて家庭料理でおもてなし、というのがいい。何よりすばらしいのはメンバー三人の楽しそうな様子。肉じゃが、おでん、さばの味噌煮。和の器にたっぷりと盛りつけてテンポよく運ばれてくるライブ感。いやあ、おみそれしました。またぜひお呼ばれしたい。

悩ましいチップ

二年半ぶりにニューヨークを訪ね、物価の高さにため息をついた。もとより、ロンドンもパリも東京も、都市部は物価が高い。ロンドンではファストフードを食べるのすら二の足を踏んだ苦い体験もある。あの頃ほど円安ではないから、ニューヨークで地下鉄にも乗れない、なんてことはないけれど。

たとえば、おしゃれして華やかな気分で出かけていき、それなりのレストランで、白いクロスもまぶしいテーブルに着席して、礼儀正しくフレンドリーなサービススタッフに促されてメニューを開いてみてビックリ。前菜が二十八ドル、メインが三十ドル、デザートが二十ドル、コーヒーが八ドル、水がボトルで十ドル……というのが平均的なプライス。そこにニューヨーク州＋ニューヨーク市の消費税八・八七五パーセントが加算され、さらに総額の十八パーセント以上をチップで要求されるのだ。

食事の料金が高いのもさることながら、このチップのシステムはほんとうに悩まし

い。かつては「ダブルタックス」とか言って、総額にかかる税額の二倍をキャッシュでテーブルに置く、というのが暗黙の了解だった。ところが、この二年ほどのあいだにその慣習はすっかりなくなり、カードの明細に「チップのお勧め額　十八パーセント、二十パーセント、二十五パーセント」とごていねいにそれぞれのパーセントのチップ額までが印刷されて出てくるのだ。客は空白の「チップ欄」に支払うチップ額を書き込み、自分で総額を計算して「総額欄」に書き込む。いったいいくらになるのか……恐々とスマホの電卓を叩き、さあ最後の審判はいかに。えええ、まさか……!?

気がつけば、ちょっとしたランチのつもりでも軽く百ドル超え。これにいいワインをボトルで頼もうものなら二百ドルになってしまうことも……。もちろんよいサービスを受けたらもっとチップをはずむべきで、あまりちゃんとサービスしてくれなくても最低十八パーセントのチップはほぼ義務として払わねばならない。

日本へやってきたニューヨークの友が「日本はこんなにすばらしいサービスを提供してくれてチップなしなんて……まるで天国のようだ！」と感激していたことを思い出す。それでもなんでも、「ハーイ、元気？　食事楽しんでる？」と陽気なボーイににこやかに言われれば、まあしょうがないか、と悔しいけれどあきらめる。そう、なんてったってここはニューヨークなんだから。

教えたくない店

誰にでも、一軒や二軒、人には教えたくない店があるものだ。

いや、公明正大な読者の皆さんに限っては、そんなことはないかもしれないが、私に限って言うならば、そんなことはないかもしれなくもなくて実はあるかもしれなくもない。正直に告白すると、つまり、あります、はい。

人には教えたくない店。自分がみつけた、自分だけが行きたい店。でも自分だけが行ってたんじゃ店が立ちいかなくなってしまうだろうから、それじゃ困る。そんな店が、私には結構いくつもある。

「人には教えたくない店」は、私の場合、京都に集中している。「いったいどうやったらこんな味を生み出せるのか」と驚く名店が数多く存在する街である。人に教えたくない京都の店のことを、思い切って全部さらけだそうかとも思ったが、とても紙面が足りない気がするので、ここは涙をのんで一店だけ、ちょびっと紹介しておく。別

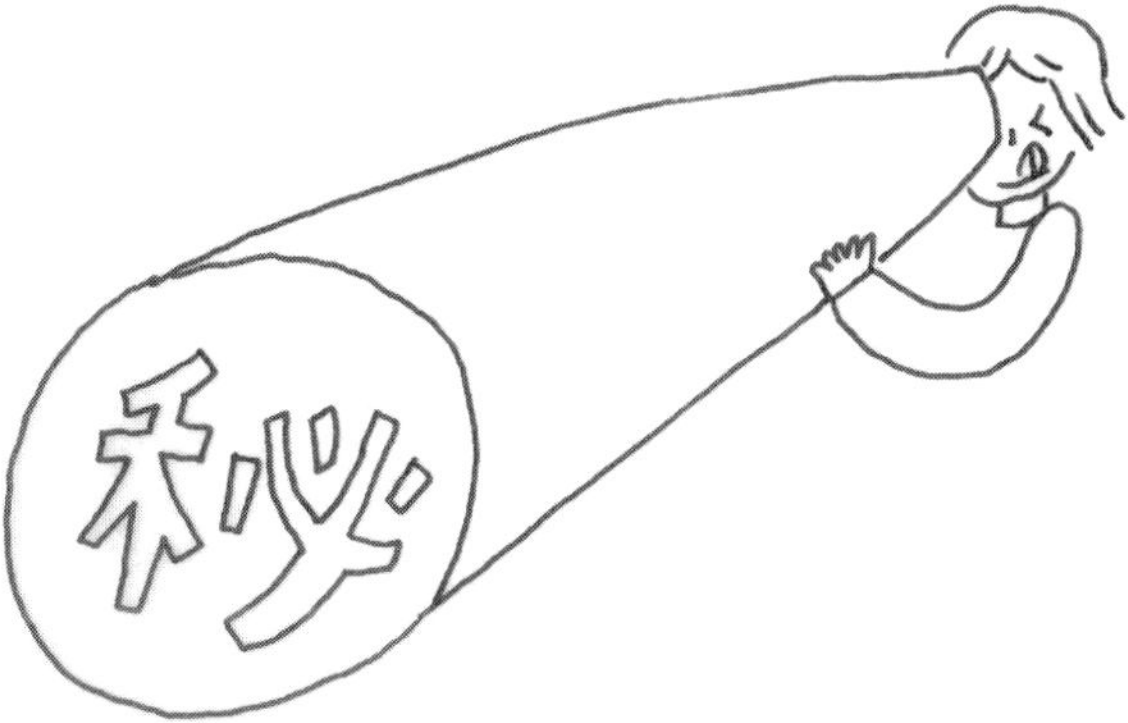

に出し惜しみをしているわけではないですよ。いや、ほんとに。

その店は、嵐山から少し南に下った地域、松尾《まつのお》大社の近くにある。川のほとりに建つ、ぱっと見はなんということのない店構えだ。この店がとんでもない店なのである。デザートの章にご登場いただいた京都の頼もしき水先案内人、瀬戸川雅義さん・晶子さんご夫妻が「ちょっとお連れしたい店がある」とご紹介くださった。中に入るとカウンター席があり、カウンターの中では店の大将と職人さんたちがきびきびと働いている。座るとすぐに竹の筒に入ったキンと冷えた日本酒が供される。それからめくるめく美食の饗宴《きょうえん》が始まるのだ。

天ぷら屋だと聞いていたので、まずなん

の天ぷらが出てくるのかと待ち構えていたら、全然違う。とうもろこしのポタージュ、カラスミと蒸しあわびの前菜、のどぐろの炭火焼き、美山の鮎《あゆ》の塩焼きなどなど、旬の食材が次々と登場。しかも、それぞれに北大路魯山人作の碗やら、尾形乾山《けんざん》作の皿やら、チェコスロバキアの人間国宝的職人のガラスの食器やら、ええっ⁉と驚くような器に盛られ、季節の草花を添えられて出てくるのだ。鮎で出汁をとり一年間寝かせたつゆでいただく「鮎そうめん」のおいしさたるや。そしてすっかり忘れたころに真打ち登場、天ぷらとなる。熱々、さくさくの衣の旬の野菜と魚の天ぷらを、少しだけ。これがなんともすばらしい。で、肝心の店の名前だが……いや、やっぱり言わずにおこう。ぜひ、探してみてください。

京阪神グルメ巡業

実は二〇一二年から、毎月京都に通っている。京都を舞台にした美術小説『異邦《いり》人《びと》』の取材のために京都に行き始め、深く京都に入り込んでいくようになった。知己も増え、気がつけば京都にすっかり魅了されてしまっていた。それから京都通いが続いている、というわけだ。

前項で登場した瀬戸川夫妻は、私にとって最強の京都マイスターである。京都の歴史、文化、暮らし、アート、グルメ、何でもよくご存知のお二人は、おしゃれで知的好奇心が旺盛で行動的。「かくありたい」と私が憧れる大人のカップルである。

京都へ行くたびに、瀬戸川夫妻とともに「京阪神グルメ巡業」をするのも楽しみのひとつなのだが、この巡業を率先しているもう一組の夫妻がいる。噺家の桂南光夫妻である。

南光師匠は卓越した話芸のみならず、さまざまな側面を持っておられる。美術愛好家、読書家、書道や和歌や地謡《じうたい》や鼓を学び、さらには大変な食通である。私は京都に通い始めたときに、瀬戸川さんに南光夫妻をご紹介いただいた。以来、親しくさせていただき、ときには瀬戸川夫妻とともにグルメとアートの旅行に出かけることもある。

実は、瀬戸川夫妻と南光師匠と私は、藤原定家の流れをくむいにしえの和歌の家・冷泉家が主宰する和歌会の門下生なのである。そこで、和歌会に参加するのに合わせて、瀬戸川さんや師匠が夕食をアレンジしてくださることがときどきある。そのどれもが「これはすごい！」と思わず膝を叩くような、または絶句してしまうような名店ばかりなのである。そして、あまりのおいしさに私が悶絶するのを楽しそうに眺めて、師匠は「めっちゃうまいでしょ」と、にこにこ、うれしそうなのである。

先だって秋深まる京都で、予約の取れないジャパニーズ＋イタリアンのフュージョンレストランへお連れいただいた。ゆず風味の白子のブリュレ、ウニの茶碗蒸し、千枚漬けに包まれた白身魚の酒蒸しキャビアのせ……出てくる一皿一皿に驚きとため息の連続。アワビのステーキと九条ネギのリゾット、ミモレットチーズがけで完全にノックアウト。師匠はといえば、「めっちゃうまいでしょ」とやっぱりにこにこ。芸術を愛し、美食を追求する究極のエピキュリアン。そしてめっちゃおもろいお方。南光師匠が来店すればお店が華やぐ。これからもご一緒させてくださいい、師匠！

神戸のとんかつ

講演会で神戸に行ってきた。

兵庫県立美術館での「ジョルジョ・モランディ展」開催記念の講演会である。美術館にお招きいただいて、アートファンの皆さんとひとときをともにするのは至上の喜びである。

それがモランディとなればまた格別だ。イタリアのモダン・アートを代表する画家で、なんの変哲もない瓶やら壺やらを、似たような構図でひたすら描き続けた。一見するといかにも単調で退屈な絵なのだが、これが不思議な磁力を放っていて、一度見たら忘れられないほどユニークなのだ。十年ほどまえにロンドンで彼の回顧展を観るチャンスがあったのだが、それ以来「魅力的だなあ……」と惹かれ続けてきた。今回、ご縁あってモランディ展のために講演会をさせていただいて、しつこく思い続けてよかった……と、なんとなく片思いが通じた気分になった。

そしてこれがまた「神戸」という私にとっては特別思い入れのある場所での開催だったのもうれしかった。私は大学時代、神戸近郊で暮らし、遊びに行くのはいつも神戸だった。ノスタルジック、かつ、おしゃれ感度が高い街。そしておいしいお店がたくさんある街。卒業後に実家のある東京へ帰ってからも、折々に舞い戻った。そしてその都度、必ず立ち寄ったレストランがある。その名を「もん」という。

三宮の繁華街にあるこの店には「欧風料理」と肩書が付いている。つまり、洋食屋である。昭和十一年創業、「鉈《なた》で切ったビフテキ」が食べられるハイカラな店だったらしい。その頃のイメージを今に伝えるノスタルジックなインテリアは神戸らしさ満載。私は学生時代から、この店のなんともいえぬ雰囲気が大好きで、月に二回は出かけて行った。特に名物のとんかつ定食は、さくさく衣の柔らかいヒレカツを特製ソースにつけていただく。カレー風味のゆでキャベツの付け合わせ、赤だしの味噌汁も絶妙なコンビネーション。私は決して裕福な学生ではなかったが、このとんかつ定食食べたさに、せっせとアルバイトをして、せっせと「もん」に通った。庶民的な食堂ではない、かといって高級レストランではない。由緒正しい欧州料理店、そのドアを押して入っていくたびに、ちょっとずつ大人になるような気がしていた。

もちろん、今回も食べに行った。モランディを観たあとに、「もん」で食べるとんかつ定食。なんの変哲もない、けれどほかにはない。唯一無二の「作品」と呼びたい。

パリのガストロノミー

パリの飲食店といえば、まっさきにカフェが思い出される。籐《とう》の椅子とカフェテーブルがずらりと並び、ムッシュウとマダムが並んで腰掛けて、カフェ・オ・レをすすり、モンブランのケーキを食べて語り合う……ってほとんどの人はテラスでモンブランを食べたりしていないようだが。

しかし、「ガストロノミー」と言われても、ほとんどの日本人は「え?」と聞き返すのではないか。少なくとも私は聞き返してしまった。

『楽園のカンヴァス』の取材でパリに通い始めた頃、「どこかいいレストランはありませんかね」と食通の友人に尋ねたところ、「ビストロでなくて、ガストロノミーですね?」と聞き返され、「え?」となってしまった。その頃、私の中ではカフェとビストロとレストランは渾然《こんぜん》一体としていて、はっきりとした区別がされていなかった。

ところが、フランスではカフェはもちろんのこと、ビストロとレストラン=ガストロ

ノミーははっきりと別物なのだと教えられた。それはつまり、日本でいえば、喫茶店と居酒屋とレストランをごちゃまぜにしてとらえているようなものなのだった。
　軽く食事をしたいときには、カフェやビストロでもじゅうぶんおいしいところが多々ある。が、しっかりコース料理を堪能したいとき、はたまた勝負デートや接待、記念日などには、やはりガストロノミーに行くのがふさわしい。ちょっとおしゃれをして出かけ、白いクロスがかけられたテーブルに着席する。折り目正しいサービスで、一皿ひとさら運ばれてくる料理に舌鼓を打つ……なんて贅沢を、たまにはしたっていい。だってパリなんだから。
　日本人オーナーシェフ、中山豊光さん（通

称トヨさん）のガストロノミー「ＴＯＹＯ」は、特別な時間を過ごしたいときに格好の店である。二〇〇九年にオープンした同店は、トヨさんの日本人シェフならではの技とセンスが光る料理が評判となり、以来、多くの食通が知る名店となった。ふだんは和のテイストを感じさせる創作フレンチのコースを楽しめるが、月曜日は和食のお任せコースの日。せんだっては鶏の合わせ出汁のスフレ仕立て、アワビと巾着玉子のおでん、ジロール茸《たけ》、プルロット茸など五種類のきのことトリュフの和風パエリアなどを味わった。この味を日本に連れ帰りたいと思っていたら、二〇一八年に日比谷ミッドタウンに東京店がオープンした。ＴＯＹＯを東京で楽しめる日がくるなんて！　早く予約しなくっちゃ。

沖縄のお寿司屋さん

日本各地を旅するときに、いつも楽しみにしているのは、お寿司を食べること。どの地方に行っても必ず一軒や二軒、地元の人に愛されているお寿司屋さんがあるものだ。お客さんが来たらお寿司の出前を取る。ちょっとしたお祝い事に寿司店のお座敷に集まる。そんなふうにして地元のお寿司屋さんは重宝がられているはずだ。

東京ならエリアによって寿司店は接待やデートの場所として利用されているが、私が旅先で訪れたいのは、スカした高級寿司店ではない。あくまでも「お寿司屋さん」と親しみを込めて呼びたくなる店である。

特に海や港に近い地域に旅をする際には、必ずお寿司屋さんに立ち寄ることにしている。そして地元の人に愛されている店に行きたいから、旅立つまえにその周辺出身の友人知人に探りを入れるようにしている。

あるとき、もう何度目かで沖縄に旅することになって、「そういえば沖縄には『お寿司屋さん』というものがないような気がする」と、ふと思った。もちろん沖縄は海鮮天国である。いつ行ってもおいしい魚料理を楽しみにしているのだが、「お寿司屋さんに行こう」と狙って行ったことがついぞなかった。ひょっとすると、すごい名店があるのにスルーしてしまっていたのか？と急に気になり、沖縄に祖父母がいるという編集者にたずねると、「日本一おいしいお寿司を食べさせてくれるところがありますよ」と言うではないか！

ただ、そこはお店ではなく、実はペンションで、宿のご主人が寿司職人なのだという。通称「クマさん」。かなりユニークな人で、宿泊の予約をするときに「夕食にぜひお寿司を食べたい」とリクエストして、クマさんがその気になってくれたら食べさせてもらえるという。なんだそりゃ……おもしろそうじゃないか！

と、こういう場合は即乗り込むのが私の流儀である。さっそく電話をして「なんとしてもどうしても、そちらのお寿司が食べたいのです。食べたいって言ったら食べたい食べたい食べたいのです！」と、寿司への熱い思いを切々と語ってみた。電話の応対をしてくれたとても感じのいい女性（奥さま）は「作ってもらえるように私からも伝えておきます」と言いつつ、「それでも当日の主人の状況次第なので、お約束できないこともありますが……」と。この予約の時点で常軌を逸している予感がした。し

かし、こうなったらますます楽しみになってくる。さあ、はたして「日本一の寿司」を食することはできるのか⁉

クマさんのお寿司

引き続き「日本一のお寿司を食べさせてくれる」沖縄のお寿司屋さんの話である。正確に言うと、そこは「お寿司屋さん」ではなく、ペンションである。そのオーナー、通称「クマさん」は、若い頃、寿司職人になるべく東京へ修業に出た。そして、四ツ谷駅近くの某寿司店で修業中に、女子大生だった現在の奥さんと知り合い、結婚して、郷里の沖縄に戻り、父が始めたペンション業を夫婦で引き継いで現在に至る……って、なんでこんなに詳しいのかというと、全部クマさんに直接聞いたからである。

電話予約したときに、奥さんが「主人の気分次第でお寿司は食べられないこともある」と言われ、オーナーは相当気難しい人なのではないだろうか……と気をもみつつも、いちかばちか行ってみた。那覇空港でレンタカーを借りて北上、美しいビーチのすぐ近くにそのペンションはあった。沖縄にありがちなコンクリート造りの何の変哲もない外観。こりゃあ見ただけじゃお寿司が食べられるなんて誰も思わないだろうな

くまさんのお父さま作　漆喰のシーサー

あ、と思いつつ、「こんにちは？」と入っていくと、太い眉毛に五分刈りヘアの、絵に描いたような寿司職人風の男性がひょこっと現れた。ひと目で（クマさんだ！）と直感した私は、「お寿司を食べに来ました」と面と向かってすぐに言ってみた。すると彼は「ふうん。あ、そう」とそっけない。あれれ、こりゃあもしかしたらダメかも。夕食はお寿司でない場合はバーベキューになると聞かされていた。わざわざここまで来てバーベキュー……いや、それだけは避けたい。が、どうすることもできない。あとは念ずるだけである。

　夕食の時間になって、そわそわと食堂へ行くと、なんとクマさんが阪神タイガースのシャツを着てねじり鉢巻き姿で待ち構えていた。やさしげな奥さんとお嫁にいった娘さんもテーブルに着いている。「お客さんが一組だけだとお寿司を作ってくれないんです。でも今日はぜひ作りたいと言うので、私たちもご一緒してもいいでしょうか？」と、にこにこ顔で奥さんが言った。よっしゃあ！と心の中でガッツポーズ。

さてクマさんのお寿司はどうだったか。いやもう、私の人生最高の寿司だった。タイガースが大好きなクマさんが「六甲おろし」をBGMに握る寿司は新鮮なネタとシャリ、あとは超絶面白いトークで、またとない寿司体験となった。どうして作ってくれたかというと「気に入ったのさ、あんたのことが」と。いやはや、うれしい思い出である。

欠かせない一品

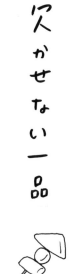

おでんパーティー

またパリに帰ってきた。

こちらでさまざまな人々と会ううちに、パリに暮らす日本人の仲間が増えた。フランス人と結婚した人、フランスの企業で働く人、パリを舞台にものづくりに挑戦し続けるクリエイターやアーティスト。彼・彼女たちは誰もがパリで生きていくことを決め、この街で懸命に働き、暮らしている。二〇一五年十一月に起こった無差別テロ事件は痛ましい限りだったが、私の仲間たちはテロに屈することなく、たくましく、しなやかに生きている。凄惨な事件があっても、やはりパリはパリなのだ。「いっそうパリが好きになった」と皆口々に言う。私もまったく同じ気持ちである。

パリで生活する仲間たちを励まそうと、私は日本の食材をスーツケースに詰め込んで持って行った。蓼科周辺で作られた新米、無添加の味噌、そして真空パックの「おでん」。友人宅のキッチンを借りて、さっそくおでんパーティーの準備をした。

パリには日本食のレストランが多々あるのだが、ほんとうにピンキリである。格調高い正統派の和食店もあり、雰囲気も味も「ここは赤坂の料亭!?」と勘違いしてしまうようなところもあれば、「これを和食と呼ぶのは間違っているだろう……」というようなところもある。前者のような店には、経済的な理由から、めったなことでは行くことができない。行き当たるのはだいたい後者のほうである。

一度バスチーユ広場付近の日本食店に入って「にぎり寿司セット」というのを頼んだら、十貫の握り全部が鮭だったことがある。シャリはパサパサで鮭はあまり新鮮ではないスモークサーモンだった。それ以来、回転寿司では鮭が回ってきても決して手を伸ばさないようになってしまった。なんとなく。

パリで日本食店に行ってもめったなことではおいしいおでんをメニューにみつけることはない。ゆえに、「おでんを作るから食べに来ない？」と友人たちにショートメールを送ると、ものすごい勢いで「うわ、食べたい！」「おでん!?　ほんとですか!?」と嵐のごときレスポンスが返ってきた。パリに住む日本人たちのおでんへの郷愁ぶりはただ事ではないとこのとき気づいた。練りものと玉子とジャガイモをツユとともに煮込んで、はいできあがり。超簡単なのに友人たちは大喜び。パリでおでんの屋台をやったらさぞかしはやるだろうなあ。

梅干しパワー

日本の食材で「これがあってほんとうによかった」と思うもののひとつに梅干しがある。

梅干し。あの小さなくれないの一粒に秘められた底知れないパワー。しょっぱくてすっぱいあの保存食に、救われた体験をもつ日本人は私ばかりではあるまい。

私は二十代後半のときにアートの仕事をするようになって、海外に渡航する機会がぐんと増えた。最初のうちは日本食が恋しく、二日に一度はどうしてもご飯が食べたくて我慢がならなかった。ご飯が無理ならせめて麺が食べたい！と町中をうろうろ歩き回って和食の店からラーメンの店か中華料理店を必死に探した。いまから三十年近くまえにはインターネットは普及していなかったし、スマートフォンなんて想像もできなかった時代である。外国の街角で和食の店を探すのは至難の業だった。そのかわり中華料理店は世界のどこに行ってもほぼみつけられた。和食が恋しいときには中華料

理店に駆け込んで、とにかく麺かチャーハンを食べた。必ずしもおいしいというわけではなかったが、それでもありがたかった。
　しかし、なんといっても旅先で救われるのは「梅干し」の存在である。え？　梅干しって海外でも買えるの？と不思議に思われるかもしれない。いやいや、そうじゃないんです。もちろん日本から持っていくのです！
　出発まえの旅支度で、小さめのタッパーに二、三日に一粒の計算で梅干しを詰める。日本では何気なく食卓に登場する梅干しだが、海外では一粒値千金の存在になるのだ。
　旅先で「なんだかちょっと疲れたなあ……」とか「脂っこいものは食べたくないなあ……」というときには、いざ梅干しの出番である。もちろんご飯と一緒に食べるのが理想的だが、そうはいかないときもあるので、私がやっている梅干しの食べ方は、即席「梅干しスープ」を作ることである。カップ一杯の白湯《さゆ》に梅干しを一粒、投入する。梅干しをスプーンでつつき、果肉を溶いて、スープの出来上がり。これが簡単でとてもおいしい。何よりほっとする。ひと口飲むと、口の中いっぱいにすっぱさが広がり、「はあ、おいしい……」と毎度独り言がこぼれ出る。パリでもニューヨークでもロンドンでも、結局私の胃袋を癒やしてくれるのは一粒の梅干し。恐るべきパワーである。ちなみに梅は昔から「三毒を断つ」といわれているらしい。食物の毒・血液の毒・水の毒から守ってくれる、といわれてきたとか。まことに頼もしい一粒なのだ。

パリのランチ事情

　平日のランチタイム、お勤めの皆さんには、今日のお昼は何にしよう？と心躍るひとときである。いやいやそんなことは言っていられない、仕事が山積みで、ささっと簡単にコンビニのおにぎりかサンドイッチで、あるいは駅前の立ち食いそば屋で……という人もいるだろう。私も会社に勤務していた時代は、この手の「クイックランチ」で済ませることがよくあった。

　が、仕事とお財布と心に多少の余裕のあるときは、同僚と連れ立って、勤務先の近所のランチがおいしいカフェや定食屋へ出かけていった。正午から午後一時の一時間は、人気の店は大変な混雑になるので、昼休みの時間になれば、それっとばかりに走っていくこともあった。

　さて、パリのランチタイム事情はどうだろうか。私のイメージとしては、おしゃれにキメたムッシュウやマダムが街角のカフェで優雅にランチを楽しむ……と勝手に思

い描いていた。「余裕のある」パリジャン・パリジェンヌが、絵に描いたようなランチを楽しんでいるのを目撃しないわけではないが、実際のところ、一般的なパリ市民のランチ事情は、東京のそれとさして変わらない気がする。パリでのランチは、「デジュネ」（昼食）と「カスクート」（軽食）。普段はささっと済ませるカスクートで、という人も多いようだ。

十二時近くなると、人気のパン屋にはサンドイッチを買い求める人々で長蛇の列ができる。ちなみにパリのサンドイッチといえば、食パンにハムや卵やレタスをサンドしたものではなく、バゲットにチーズやトマトをはさんだものが主力。昼時には、これをかじりながら歩きつつランチ、という姿も結構見かける。

　ある昼下がり、メトロに乗って出かけた。ドアのすぐそばに立っていると、向かい側に黒いジャケットを小粋に着こなした男性が佇んでいる。おっ、なかなかステキなムッシュウじゃないか、と私は、何気なく彼に視線を投げていた。電車が動き始めてしばらくすると、彼がジャケットの内ポケットに手を差し込んだ。スマホが出てくるかと思いきや、彼が内ポケットから取り出したのは、なんとバゲットだった。彼は何を見るともなしに視線を泳がせつつ、無表情でバゲットをかじった。バリバリかじった。苦みばしったパリジャンが、メトロのドアに佇んでバゲットをかじる。こういう風景もパリならではだろうか。あのあと、彼はどこへ向かったのだろう。プレゼン成功しますように、と指をクロスした。余計なお世話だろうけど。

焼きそばパン

惣菜《そうざい》パン。
と聞けば「コロッケパン、大好物」とか「コンビニで売ってる、あれね」とか、即座に連想できる。私たちにとっては、とても身近な、愛すべき日常の食べ物のひとつである。

ところが、これを英語にしようと思うと、まったくできない。「惣菜」プラス「パン」。英語でなんて言うんだろう？　「パン」は「ブレッド」として、「惣菜」はおかずだから、えーと、いま電子辞書で調べてみたら、えっ、「サイドディッシュ」？　いやいや、違うでしょ。惣菜パンは、それなりにメインディッシュになるでしょ。

などと思い巡らせたのは、海外に出かけているとき、ふと食べたくなるのが惣菜パンだからである。そしてたいていの場合、海外ではどんなに探してもふつうにはみつからないのが惣菜パンなのである。

ニューヨークに長期滞在していた頃、無性に焼きそばパンが食べたくなった。ニューヨークには和食の店はあまたある。もちろん、日本の食材も手に入る。しかし、焼きそばパンを食べられる、あるいは売っている店は、なかなかない。

私は焼きそばもパンも大好きなのだが、焼きそばとパンが一体化した焼きそばパンとなると、大好きの二乗なのである。細長いコッペパンの真ん中に、どっさり入ったソース焼きそば。青のりと紅しょうがのトッピング。大きく口を開けて頬張る。ふわっとしたパンに、甘辛いソースのやわやわな麺。かみしめると、申し訳程度に入っているキャベツと肉の切れ端のシャリシャリした食感が絶妙のハーモニーを奏でる。「パン」プラス「焼きそば」。言ってみれば主食同士の合体。誰がどうしてこんなおいしいコラボレーションを発明したのだろう……。

と、心の中で焼きそばパンを絶賛しながら、マンハッタンの日本食スーパーなどで探してみたが、どうしてもみつからない。窮まった私は、近所のチャイニーズデリで焼きそばに酷似した「フライドヌードル」を購入。コッペパンがないからハンバーガーバンズにそれを挟んで、即席の「焼きそばバーガー」なるものを作ってみた。

が、見た目からして別モノ。だって紅しょうがも青のりもない。キャベツと肉の切れ端も入っていない。第一、長くないじゃないか。

それでもなんでも、食べてみた。ぱくりとひと口頬張ったところで、ゲームオーバー。やっぱり別モノだった。惣菜パンは日本のソウルフードなんだなあ、と実感。

蓼科の夏の宝

現在、私は、みっつの場所を拠点として飛び回っている。ひとつは、実家のある東京。

もうひとつは、小説の舞台として取材し続けているパリ。そしてもうひとつが、長野県の蓼科である。

二〇一三年、蓼科の森の中に家を建てた。いずれどこか、人里離れた静かな地域に、執筆に集中できる場所がほしいと考えていた。漠然と場所を探していたら、以前勤務していた会社の同僚・矢部俊男さんが、蓼科を紹介してくれた。矢部さんは二十年まえから蓼科に別荘を持っていて、ひんぱんに当地へ通っている。「自然が豊かだし、食べ物はうまいし、何より空気がうまい。家をつくるなら蓼科！　誰がなんつっても蓼科蓼科蓼科だ！」と、蓼科一点張りで推して推して推しまくってきた。ちなみにこの矢部さん、私の友人の中でも特筆すべき人物で、かなりユニーク。彼の言動は私のその後の「蓼科ライフ」に少なからず影響を与え続けている。何しろ彼の強力な「推しの一手」で、結局私は蓼科に移住してしまった。その影響力のすごさはご想像いただけると思う。

矢部さんにたぶらかされて……ではなく、懇切ていねいな導きのもとに、何度か蓼科に通ううちに、私はこの土地のすばらしさに開眼した。美しい環境や清浄な空気はもちろんのこと、とにかく食材がすばらしい。中でもとれたての野菜のおいしさは特筆モノで、いったい、いままで食べていた野菜はなんだったんだろう……？と思うほどである。

蓼科の野菜の旬は、夏。夏になると、あれも食べたい、これも食べたいという野菜が目白押しに店先に並ぶ。蓼科周辺には地元の農家が作った野菜を直売している店がいくつもある。ハイシーズンには、多くの人々で店内がにぎわい、さしずめ「夏の野菜フェス」という様相になる。

夏野菜、私のイチオシはとうもろこし。甘い。とにかく甘い。野菜の域を超えて、完熟フルーツと言ってもいいくらいだ。いくつかの品種があって（品種で野菜を選ぶ、という小技も蓼科に来てから覚えた）、例外なく「甘い」と感じられるのは「味来《みらい》」という品種。これは、地元のフレンチレストランでコーンスープをいただいたとき、あまりのおいしさに「これ、なんですか?」と尋ねたところ『味来』という品種のとうもろこしを使った、ただそれだけのスープです」と教えていただき、即買いに走った。以来、毎夏、これを食べるのが楽しみになった。蓼科の夏の宝である。

パクチーのサラダ

クセのある野菜……といえば、皆さんは何を思い出すだろうか。

たとえば、パセリ。クセのある野菜代表格である。サラダやフライにそっと添えてあるパセリ。こう言っちゃなんだが、なんとなく存在感が薄い。「今日何が食べたい気分？」「パセリが食べたい！」という会話がなかなか成立しづらいような……。

初めてパセリを「おいしいじゃない⁉」と意識したのは、トルコのイスタンブールを訪問したときだ。ホテルの朝食のビュッフェで、やたら緑色のこんもりしたひと皿があった。何かと思ったら、これがパセリのサラダ。パセリをみじん切りにして、そこにカッテージチーズがまぶしてある。味付けは塩とレモンとオリーブオイル。ただそれだけのシンプルなサラダだったのだが、これがびっくりするほどおいしかった。夏には四十度近くの猛暑になるイスタンブールで、さっぱり、ひんやりと涼しくなるパセリのサラダ。日本ではサラダの添え物でしかなかったパセリが、トルコではふつうに主役を張っていた。パセリをすっかり見直した体験であった。

クセのある野菜の中で、忘れてはならないのはパクチーである。別名香菜、中国語読みするとシャンツァイ、英語だとコリアンダーである。

実は、私はパクチーが大好きなのである。「今日何が食べたい気分?」「パクチーが食べたい!」という会話は、結構頻繁に成立している気がする。「エスニック料理が食べたい!」という気分は、私にとってはすなわち「パクチーが食べたい!」ということなのだ。

日本のスーパーでは、パクチーはまだまだ影が薄いように思われる。パセリよりもはるかに遭遇率が低い。冷蔵庫に常備したいと思っても、近所のスーパーでいつでも買えるシロモノではない。だからこそ、ときおり無性に食べたくなる。

ところが、パリのスーパーに通うようになって驚いた。パクチーはパセリと同じくらいメジャーな存在なのである。近所のスーパーやマルシェで普通にみつけられる。

ここで思い付いたのがパクチーのサラダ。日本でならもったいないとちょびちょび使うところを、バサッと一束丸ごとカットして、ゴマ油と塩とレモンで味付けし、ただそれだけで食べてみた。パクチーの香りとゴマの香りが混じり合って、香ばしいことこの上ない。夢のようなサラダである。パクチーファンの方、ぜひお試しを。

ミョウガの味噌汁

前回、クセのある野菜の代表格としてパクチー（香菜）を挙げ、私がいかに夢中であるかを書き連ねたところ、意外なところから異様にすばやいリアクションを得た。毎日新聞日曜版の編集長と出版担当の編集者が、そろって「私もパクチーが大好きなんです！」と。本稿が読者のもとに届けられるまえに、まずこのふたりが読むわけであって、誰よりも早く反応するのは当然かと思われよう。しかし、私が「牡蠣の生まれ変わり」と熱く語ったときはさほどのリアクションではなかったのに、今回ばかりは熱が入っていた。やはりパクチーファンはあなどれない。彼らはパクチーに関しては常に臨戦態勢なのだ……と思い知った次第。

そんなわけで、クセのある野菜第二弾、いってみたいと思う。

さあ、パセリ→パクチーときて、次はいかなるクセ野菜をエントリーするべきか。ここで、このレースを制するために強力なカードを切ろう。それは……。

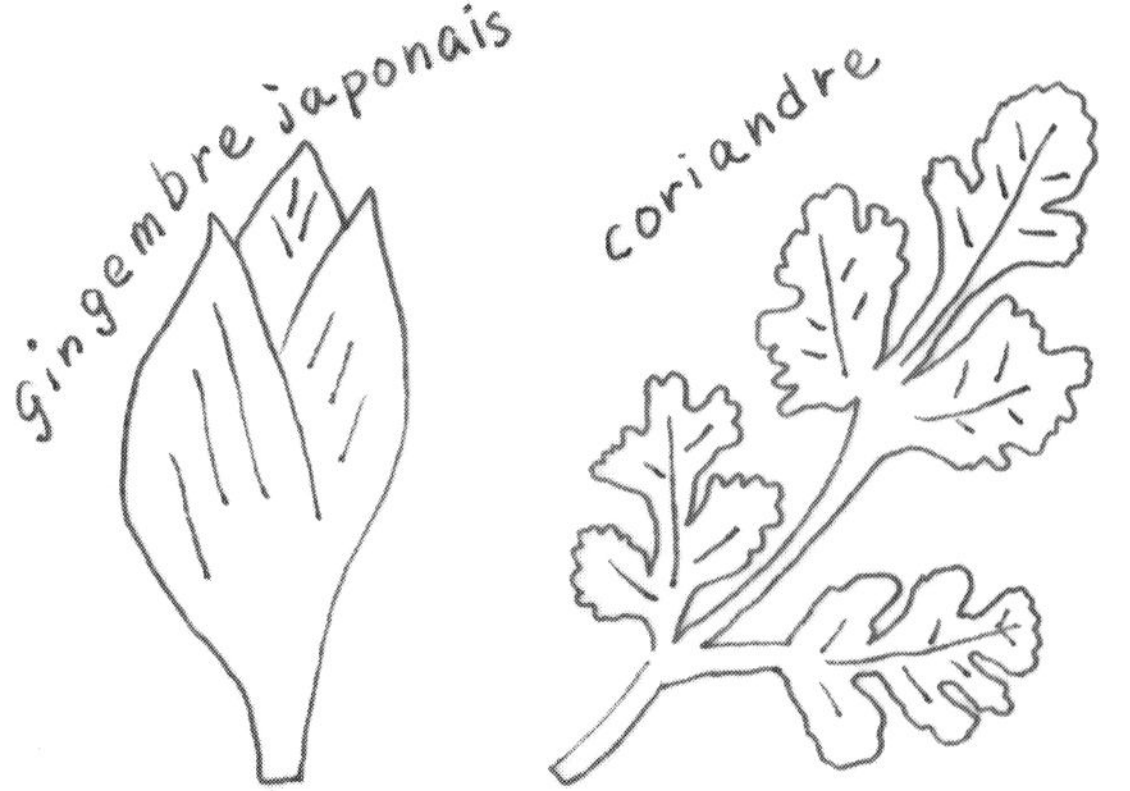

ミョウガである。

ミョウガ。ああミョウガ！　私はパクチー愛も相当なものだが、ミョウガ愛もかなりのものであると自認している。ミョウガの旬は夏。こちらはパクチーとはうって変わって、近所のスーパーでもすんなりとみつけることができる。

けれど、ミョウガもまた「薬味」の部類に数えられるからか、ピンで立つイメージはない。それでもパセリ以上に存在感はある。たとえばみじん切りにして冷奴《ひややっこ》のトッピングに。あるいは、そば屋でもりそばを注文すると、つゆのかたわらの小皿にそっと添えてある。その存在感は、ショウガのそれにどことなく似ているような。そういえば名前も一字違いだし……と、ふと思ってネット検索してみたら、なんとミョウガはショウガの仲間ではないか！　いままで知らずにいたことを反省。

夏になれば、私はミョウガを刻んで味噌汁の具にするのが楽しみなのである。味噌の香りとミョウガのさわやかな香りが調和して、夏バテの時期も食が進む。

この一品をパリでも作ってみようとスーパーに出かけてみると、あのかわいい姿がみつからない。ないないないない、どこにもない。やはりミョウガ大好きなパリ在住日本人女子にどこに売っているか尋ねると、日本の食材店にわずかにあるとのこと。が、ひとつ6ユーロ！　野菜界のキャビア的存在になってしまっている。パリではミョウガは高嶺《たかね》の花。パクチーで我慢するか。いや、それでもまったく構わないけど。

豆腐納豆

関西人は納豆が苦手、という説があるが、本当だろうか。私は、学生時代に関西に住んでいたことがあるのだが、そのときは確かにただの一度も納豆を食べた記憶がない。いや、それは単に、私自身があまり納豆を好まなかったからなのかもしれないが……スーパーに買い物に行っても、売っているかどうかも確認したことがなかった。

などと書くと、全国の「納豆党」の皆さんに怒られてしまいそうだが、ちょっと待ってください、本書では「おいしいもの」「大好物の食べ物」について紹介しています。嫌いな食べ物についてわざわざ書いたりいたしませんので、ご安心を。

そうなのである。私は、関西時代にさんざん納豆を無視してきたにもかかわらず、いまや大の納豆好きに転向したのだ。いったい、何がきっかけだったのだろう。はっきりとは思い出せないのだが、あるとき突然食べられるようになった。それどころか、いまでは、ときおり無性に「納豆が食べたい！」となり、発作的に何パックも納豆を買い込んでしまうことがあるほどなのだ。

子供の頃には苦手でどうしても食べられなかったのに、大人になると急に食べられるようになって、むしろ大好物になる——というような食べ物が、皆さんにもひとつやふたつ、あるのではないだろうか。子供の頃はミルクと砂糖をいっぱい入れたコーヒーじゃなくちゃ飲めなかったのに、大人になったらブラックコーヒーの苦味をむしろおいしく感じる……というような。

とにかく、いまでは「納豆党党首」を名乗りたいほど納豆好きな私。このまえも、「お昼に何を食べようかな」と出かけていって、道を歩きながら唐突に納豆が恋しくなり、スーパーに入って豆腐と納豆を買ってきた。さあこのふたつで私の大好物「豆腐納豆」を作ろうじゃないか。

「納豆豆腐」ではない。「豆腐納豆」である。いったいどう違うんだと思われるかもしれないが、「納豆豆腐」は豆腐の上に納豆がとろーりとかけてあるもの。「豆腐納豆」は、砕いた豆腐と納豆を混ぜ合わせたもの——である。深めのお椀に納豆を入れ、ネバネバネバ、大きめのスプーンでかき混ぜる。そこにスプーンで砕いた絹ごし豆腐を入れ、からしと小口ねぎ、だししょうゆ少々を入れて、まぜまぜ、ネバネバ。そのままスプーンですくって、パクッ。糸を引くのもご愛嬌《あいきょう》。簡単、最高の一品なのである。

きんぴらごぼうサンド

これまでパセリ、パクチー、ミョウガなど、食卓の主役にはなれないがバイプレイヤーとしては最高な食材について書いた。ほかにも「スポットライトを浴びる主役級の華やかさはないかもしれないが、助演女優賞は彼女に与えられるべきだろう」と、食卓アカデミー賞選考委員を自称する私が、強く推したい食材がある。

ゴボウである。

あ、なんだかいま、たちまち読者諸氏から反論の声が聞こえてきたような気が。「ゴボウは主演に抜擢されて当然の実力がある！」と熱烈プッシュのご意見が、すみません、届きました。

そうなのだ。ゴボウもまた、隠れマニアが多い食材。いや、「隠れ」なんて枕詞《まくらことば》をつけたら怒られそう。ゴボウがなければ始まらない一品が我が国には存在しているのだから。

そう、あの一品。きんぴらごぼうである。

不思議なものだ。ピン（単独）で書くときには「ゴボウ」とカタカナ表記にしても、「きんぴら」とくっつけると、どうしても「ごぼう」とひらがな表記になってしまう。これはやはり、きんぴらごぼうが日本人のソウルフードだからだろうか。「きんぴらごぼう」と聞いただけで、なぜか励まされているような。「きんぴらごぼうか。……よし、もう少しがんばろう」と前向きな気持ちになれるのは、私だけだろうか。

昨今人気の「あまじょっぱい」フレーバーの魁《さきがけ》は、じつはきんぴらごぼうにあるのではないかと私はにらんでいる。しょうゆと砂糖とみりんの味が、ほんのり土のにおいを感じさせるゴボウの味と絡み合って、絶妙なのだ。くわえて、あのシャキシャキ感。いやあ、ほんとうにたまらない。

「ドジョウの唐揚げ」の項で紹介した十和田市がある青森県は、日本有数のゴボウの産地である。十和田市現代美術館を取材で訪問したとき、思わぬ美味に巡り合った。同館には、市民の憩いの場となっているとてもすてきなカフェスペースがある。この看板メニュー、青森県産きんぴらごぼうサンドをいただく。やわらかなパンにはさまれた歯ごたえのあるきんぴらごぼう。あまじょっぱさはもちろん、やはり食感がいい。ふわふわとシャキシャキ、この対比がおいしいのだ。十和田に行ったらこの一品は外せない。

　そしてもちろん、美術館では最先端のアートを堪能。現代アートときんぴらごぼうサンド、この対比もやっぱり絶妙なのだ。

炊飯器でご飯

またパリへ帰ってきた。前回の滞在は六月。そのときは異常気象だった。梅雨のないフランスでは、六月は一年中でもっともさわやかな季節のはずなのに、何日も雨が降り続き、まったく太陽が現れない。セーヌ川の水位が上がり、パリの街中は洪水の危機にさらされた。川畔に建つルーブル美術館やオルセー美術館は、地下の収蔵庫の作品を移動させるなど、てんてこまいしたようだったが、結局最悪の事態は逃れたのだった。

雨降りが続くから、外へ食事に出かける気にもならず、もっぱら自宅に引きこもって自炊の日々だった。

そんなとき、力強い食の味方は、やっぱりご飯。ほぼ毎日ご飯を炊いて、梅干しや味噌汁、昆布の佃煮《つくだに》などとともに食べていたが、不思議なもので、ご飯さえ食べていればとにかく満足する。せっかくパリにいるんだから、フランス料理を食べればいいものを……と思われるかもしれないが、そこは日本人の性《さが》、ついついご飯に頼ってしまうのだ。

お米は近所のスーパーで売っているし、日本食材専門の店もあるので、比較的手に入りやすい。だからご飯を炊くのはとても簡単……と言いたいところだが、実は私のパリの自宅には炊飯器がない。つまり鍋で炊くほかはないのである。もちろん、パリでだってしかるべき店に行けば炊飯器は売っているだろう。けれどきっと高いし、選択肢も限られているだろうし、そもそも出かけていくのも面倒だ。そんなわけで、毎日、台所に張り付きで火加減を見ながら鍋で米を炊く日々だった。うっかり別のことをしたりすると、たちまち焦げてしまう。おいしく炊くにはつきっきりがいちばん、ということで、昔ながらの鍋守りをやっていた。

そして今回、パリへ帰ってくるときに、何より先に「絶対持って行こう！」と決めていたのは炊飯器であった。最近では、訪日外国人がこぞって日本の電器店で海外仕様の炊飯器を買っていくらしい。やはり日本の炊飯器は優れものなのだ。私は通販サイトで気に入ったものをみつけ、購入。パリまで運んできた。スイッチを見ると、全部中国語と英語で書かれているのもご愛嬌。お米をセットして、スイッチオン。

炊き上がるまでわずか二十分。その間そばを離れても、もちろん大丈夫。「炊けました」とのチャイムが鳴って、ふたを開けると、おお！ ほかほか、つやつやのご飯が……。そしてやっぱりご飯の伴は梅干しと味噌汁。時差ぼけと疲れた胃袋には、やっぱりこれが格別なのだ。

キヌアのサラダ

キヌアという食べ物をご存じだろうか。「ハリウッド俳優の？」とおっしゃったあなた、それはキアヌ・リーブスです。というくらい、まだ一般的にはさほど浸透していない食べ物。が、食に関心を持つ一部の人々のあいだでは密かなブームになりつつある。

私がキヌアを初めて知ったのは最近のこと。京都の紫竹《しちく》というエリアにある、それはそれはすてきなセレクトショップ「ＳＴＡＲＤＵＳＴ《スターダスト》」のカフェにて。このカフェのランチが大人気という噂を聞きつけ、前日に電話で予約して、いそいそと出かけていった。せっかく電話予約したのに、うっかり者の私は「明日十二時一名でランチよろしくお願いします！」と伝えるだけ伝えて、どんな料理が出てくるかも知らずに行ったのだった。

古民家を改造した「ＳＴＡＲＤＵＳＴ」のショップとカフェは、どこかなつかしい

できた！
パカッ
キヌアも炊けてしまうのであった

空気を醸し出していて、とても居心地のいい空間である。カフェでのランチは日替わりのビーガン（菜食主義者）メニューが一品のみで、大ぶりのお皿にクスクスが盛られ、彩りよく野菜がちりばめられたサラダが運ばれてきた。一口食べてみると、クスクスのさらっとした感じに加えて不思議な食感。プチプチと歯ごたえがあり、ご飯のような粘り気のある何かがまざっている。ほのかな甘みと香ばしさ。な……何これ？おいしい！

お店のスタッフに尋ねてみると「キヌアが入っています」と言われた。なんだろう、聞いたことがないな。その場ですぐにスマホで検索してみる。『キヌアはアンデス地域で三千～四千年前から栽培されてきた穀物であり、たんぱく質、カリウム、カルシウム、鉄、必須アミノ酸などを多く含み、非常に栄養価が高い食物である』

ふむふむ、そうか。アンデスの恵みなのか。しかもそんなに昔から……二十一世紀になってその存在を初めて知った、しかも京都で。これは何かある、とキヌアに対して一方的にご縁を感じたのだった。

さて、炊飯器持参でパリへ舞い戻った私。その翌日に、「炊飯器到着」の一報を聞きつけたパリ在住の友人が訪ねてきて、私のアパートのキッチンで手早く作ってくれたのがキヌアのサラダだった。なんと炊飯器で白米同様キヌアを炊いたのである。野菜を散らしてオリーブオイルと塩とレモンをふりかけ、出来上がり。疲れた胃腸にやさしい一品。パリでキヌアと密なお付き合いになりそうだ。

香港の点心

連載小説の取材のために、香港へ行ってきた。

香港は三度目の訪問である。初訪問は航空会社の機内誌にアートがらみの紀行文を書く仕事のためだったが、もっとも印象深く記憶に残っているのは、アートよりも「食」だった。

香港といえば広東料理である。私たちが日本で親しんでいる、いわゆる「中華料理」というのは、限りなく広東料理に近いものなのだということを、香港に行ってみてようやくわかった。同じ中国の料理でも、広東料理と北京料理と上海料理と四川料理ではまったく違う。根底に流れているものは同じかもしれないが、食材や味付けや料理法など、それぞれの地域に特色がある。なんてことは、食通の読者の皆さんにいまさら語ることでもないのだが、香港で食べる料理を「これこそが中華料理だ！」と思うのは、餃子だとか春巻きだとかワンタンスープだとか炒飯だとか、街のラーメン屋さんのお品書きにある料理の数々が広東料理の「点心」に由来するものなのだと知ったからである。

初めて香港を訪れて食事をしたときの衝撃は、忘れようにも忘れられない。そのときは、食通で知られる現地在住日本人コーディネーターが、一日三回×三日間、合計九回の食事のアレンジをしてくれた。屋台、大衆食堂、高級レストラン、有名シェフが主宰する一日一組限定のプライベート・ダイニングまで、実にさまざまな食体験がもたらされ、「なんと奥深くすべてがおいしいんだ……！」とすっかり感激した上にしっかり体重も増やして帰ったものだ。

中でも印象深かったのは点心である。テーブルに座ってスタッフが注文を取りにくるのを待っていると、いっこうに来てくれない。そのかわり、制服を着たおばさんたちが、湯気を上げるせいろやボウルを載せたワゴンをごとごと押してやってくる。テーブルの近くで止まると、ふたを開けてせいろの中を見せてくれる。餃子や春巻き、回《ホイ》鍋肉《コーロー》や青菜炒めがほかほかと湯気を立てて、いかにもおいしそう。「あ、それください！」「そっちも！」「こっちも！」とついつい頼みすぎてしまう。「注文しすぎたな……」と後悔するまもなく、次のワゴンが到着。性懲りもなく「それください！」とまたもや追加。

今年香港の会社に赴任した友人が「ここにいる限り太ることは避けられない。だっておいしいんだもん」と苦笑していた。香港に来たからには、「増量」の覚悟を決めて、やっぱり食べに行かなくちゃ。

長崎のトルコライス

「長崎名物の食べ物」と聞くと、何を想像するだろうか。
①ちゃんぽん。はい、もちろん。②カステラ。これももちろん。③皿うどん。これは、うどんといっても麺の実体は「かた焼きそば」といったほうがいいような。④佐世保バーガー。これはちょっと新しめですが、もはや知名度は全国区。⑤角煮まん。これはめっけもんのおいしさです。
と、「うまかもん」があれこれあって迷ってしまうグルメな港町・長崎を取材で再訪した。

前回来たときは、旅仲間・御八家千鈴と一緒だった。ふたりして「長崎でいちばんうまかもんを食べる！」と意気込んで、ガイドブックとネットと勘を頼りに街中を忙しく練り歩いた。そのときに、もっとも「これは……！」と驚かされた長崎名物。それは、「トルコライス」であった。

「え？　長崎なのになんでトルコなの？」と不思議に思われるかもしれない。私もガイドブックのご当地グルメのページに「長崎名物・トルコライス」とみつけたときに「この名前、どういう由来だろうか」と不思議に思った。が、謎だからこそ食べに行く価値がある。さっそく地元で評判の「トルコライスが食べられる店」に乗り込んだ。

　その店はごく普通の定食屋で、ちゃんぽんからカツ丼まで、ごく普通の定食メニューが揃っている。ちょうどお昼時で、地元のおじさんやお兄さんたちで満席、異様に男子率が高い。これは挑戦しがいがあるぞ。着席するや否や、「トルコライスお願いします！」と即注文。むろん、ほかの選択は考えられない。

待つこと数分、「おまちどおさま～」と運ばれてきたのは、どどーんと盛りつけられたワンプレートランチ。ピラフにカレー、スパゲティナポリターナ、デミグラソースがかかったとんかつ、ポテトサラダが、いっせいにわっしょいわっしょい！とのっかっている。「まさか」と思わず二度見した。だって夢みたいなんだもの。私が子供の頃から大好きだった食べ物がほぼ全部(ラーメン以外)いっぺんに出てくるなんて！

私は夢中でトルコライスを食べた。子供の頃、デパートの最上階の食堂で「ピラフ食べたいな、でもナポリタンも……やっぱりカレー？」と迷った揚げ句に結局お子様ランチに収まった思い出が蘇る。「全部食べたあい！」とあのときの夢が思わぬ形でかなった。結局、「トルコライス」の名前の由来はわからずじまいだったけど。

ロシアの餃子

　ところで私の大好物のひとつに餃子がある。

「この食べ物（食材）の生まれ変わりだと思えるほど好きな食べ物（食材）」については前述の通りである。「私は牡蠣の生まれ変わりだ！」と堂々宣言して一部で波紋を呼んだが（本紙編集長と担当編集者のあいだで）、実はそのときも白状してしまおうかと思い悩んだ。いや実は牡蠣は前々世のご先祖様で前世は餃子だった可能性のほうが高いと……。まあ前世が何だったかの議論は次の機会に譲るとして、とにかく餃子の話である。

　日本全国で餃子がご当地グルメになっているところは多々ある。有名なのは宇都宮餃子（JR宇都宮駅前には餃子像『餃子のビーナス』がある）や博多の鉄鍋餃子などだろう。もちろん私、両道場（餃子道の道場、のつもりで……）にはすでに乗り込み済みである。大阪の北新地にはメニューに餃子とビールしか載っていない店があって、ここは餃子道を極めたツワモノ以外は門をくぐれない雰囲気だった。私は二十二歳のとき、若輩ものの分際で、先輩（当時二十四歳の姉御）の導きのもと、この店の門をくぐってしまった。着席するや否や先輩が「とりあえず二百個」と注文するのを聞いて耳を疑ったが、結局ぺろりと食べてしまった。ひと口サイズの餃子で、食べ出したら止まらなかったのである。

とまあこんな具合で、餃子に関するエピソードは枚挙にいとまがないほどなのだが、今回はロシアの餃子、ペリメニを紹介したい。

三度目のロシア訪問で、すっかりロシア料理にハマってしまった私は、約一週間の滞在中、ロシア料理以外は口にしなかった。中でもペリメニにはすっかり心奪われた。

モスクワではファストフード店から高級レストランまで、多くの店でペリメニを食べられる。パスタ生地のような皮にひき肉を包んでゆでたもので、ぱっと見水餃子。これが違うところは、仕上げにサワークリームをかけてディルをひと振りするところ。これらはラー油＋ネギのような役割を果たしている。このふたつの薬味が北国らしい風味を引き出してくれる。ひと口で頬張ると、皮はもちもち、肉汁いっぱい。サワークリームの酸味がさわやかなのだ。

あまりにもおいしかったので、スーパーで冷凍ペリメニを購入、パリへ持ち帰った。

さっそくゆでて、仕上げにサワークリームとディルを。モスクワで体験した味が見事に蘇った。ああ、パリか東京にペリメニ専門店できないかなあ。

グルジアのハチャプリ

おいしいロシア料理の数々を堪能したモスクワとサンクトペテルブルク。六日間の滞在だったが、ロシア料理の奥深さに軽くめまいを覚えるほどであった。滞在中は朝昼晩、ずっとロシア料理以外口にしなかった。それでもまったく平気だった。そう、あの「海外で和食が恋しくなったとき」の万能菜、梅干しに一度も頼ることなく。それだけでも、いかに私の胃袋とロシア料理のあいだに融和性があったかがわかるというものだ。

二都市をガイドしてくださったのは、モスクワ在住の通訳・コーディネーター、佐藤仁美さん。ロシア料理のあれこれに詳しい彼女のおかげで、ロシアのコーラ的飲料「クワス」、ロシアの餃子「ペリメニ」、ご本家「ビーフストロガノフ」など、ボルシチとピロシキ以外のロシア料理を体験できた。

モスクワでの最終日、佐藤さんに「これだけは食べておいたほうがいい！という料

理、まだ何かありますか？」と訊いてみた。すると佐藤さんは、「そうですね。グルジア料理なんてどうでしょうか？」と答えた。

グルジア料理……ほほう。これはまた、新鮮な響きである。食べたことはもちろんない。というか、恥ずかしながら、グルジアってどこにあるんだろう？　佐藤さんは、すぐにスマートフォンのマップで「グルジア」がどこに位置するのかを見せてくれた。グルジアは、正式には「ジョージア」という共和国で、ロシアの南でトルコの東でアルメニアの北でアゼルバイジャンの西である。つまり東ヨーロッパで西アジアなのである。ひと言でいうと西と東のおいしいエッセンスがここで合体している……に違いない。

グルジア料理店で、佐藤さんイチオシの名物「ハチャプリ」を注文した。アニメのキャラクターみたいな名前のそれは、見た目もマンガっぽい「グルジア風ピザ」。真ん中がくぼんだボート型のピザのようなもので、そのくぼんだところにチーズと卵がのっている。オーブンから出てきたばかりのじゅうじゅういっているそれの真ん中をスプーンで掻《か》き混ぜ、周りの生地をちぎって、真ん中で混ぜまぜされたチーズと卵にひたして食べる。これがもう……た、たまらん！　ほんとうに、猛烈に美味。焼きたてのピザ生地にシンプルな塩気の強いチーズと卵がとろりと絡みつく。いつまでも、どこまでも食べ続けたいほど。よし、グルジアにこれを食べに行こうと決意したランチタイムであった。

西安の餃子

いかに私が餃子愛にあふれているかをつづりながら、そういえば餃子のルーツを追いかけて、本場中国・西安まで旅をしたことを思い出した。

餃子を愛するあまり、なんとしても餃子のふるさとを訪ねてみたい！　そこで思う存分餃子を食してみたい！と思ったわけではないが、所用あって西安を旅することになり、到着してすぐに「西安の名物はなんといっても餃子です。餃子の本場は西安なのです」と地元の友人に聞かされて、おおそれは、ぜひぜひ食べたい食べたい！ということになったのだ。心のどこかでは「もしや餃子の精霊に導かれてここまで来たのではないか」という思いもチラリとよぎったが。

かれこれ十年以上もまえのことになるが、作家になってまもない頃、上海在住の中国人の友人、郭嘉《かくか》さん（郭くんと呼び親しんでいた）が故郷の西安で結婚披露宴をすることになり、招待された。日本の大学に留学して建築を勉強していた郭くんは、と

あなた
ぎょうざ好きなの？
大好きです
ぎょうざの精

ても優秀で、日本語ペラペラ、おっとりしたいい青年であった。当時、アートの仕事でちょくちょく上海に出かけていた私は、郭くんに上海市内や近郊を案内してもらい、恋愛相談にも乗ってあげたりしていた。ついに意中の彼女と結婚することとなったと知って、私は喜んでお祝いに駆けつけることにした。

上海経由西安にたどり着くと、まずは郭くんの実家に招かれた。彼の実家は西安の中心部にある高層マンション。郭くんのご両親が下にも置かぬ大歓待をしてくださった。「息子が日本でも上海でもお世話になりまして、さあどうぞどうぞ」と、大きなテーブルいっぱいにお母さんの心づくしの手料理が並んだ。どんなものだったかもう

すっかり忘れてしまったが、忘れられないのが餃子である。たっぷりしたどんぶりの中に白湯と、ぷりんとつややかな餃子が浮かんでいる。そこに刻みネギを入れ、おろしショウガを入れて、好みで黒酢やラー油をたらす。ひと口食べて「……！」と絶句。これがもう、おいしいのなんの。私の中で餃子の地殻変動がゴゴゴゴ〜ッ！と起こった気がしたくらいだ。聞けば、それぞれの家庭にレシピがあり、それぞれの味があるんだそうだ。だから、郭くんも、実家に帰ってきてお母さんの餃子を食べると、ふるさとに帰ってきたと実感するという。ほんもののおふくろの味。あたたかく、じーんとしみる味だった。

西安の餃子城

さて、引き続き、餃子の本場、西安での思い出話である。

日本に留学経験のある中国人の友人、郭くんの結婚披露宴に出席するために西安までやって来た私は、郭くんのご実家で餃子の地殻変動を体験した。すなわち「西安の餃子とは水餃子である」という真実を知るのと同時に、いままでに食べたこともないような美味過ぎるホームメードの餃子をいただいたのであった。

読者諸氏の中には、おそらく「何言ってるの、餃子といえば焼き餃子に決まってるじゃない」と異を唱える方もおられよう。そうなのだ、私も「餃子は焼き！」と思い込んでいた。その思い込みの激しさは、「焼きそばといえばソース焼きそばに決まってい る」というのに近い。世の中には塩焼きそばというものが存在し、それがまたソース焼きそばに匹敵するおいしさであることを知ったのと同様、私は西安で水餃子に目覚めたのであった。って回りくどくて自分でも何を書いているのかわからなくなってきた。

ホームメード餃子のおいしさに私があまりにも感激しているのを見て、郭くんのお父さんが「そんなに好きなら、いいところにお連れしましょう」と、郭くんとお母さんとともに連れていってくれた先が、地元でも有名な餃子専門店。正式な名前は忘れたが、通称「餃子城」という店だった。どーんと立派な構えのビル一棟、一階から五階までがすべて客席。出入り口では餃子のゆるキャラが出迎えてくれ、メニューを広げるとそれはもうさまざまな餃子がズラリ。餃子の餡《あん》は羊肉、鴨肉、たけのこ、豆、フルーツ、などなど。皮は野菜、小豆、カレー味などなど。さしずめ餃子のディズニーランドといったところだろうか。目移りするあまり軽くめまいがしてきたくらいだ。

これはもう選べないと思い、郭くんのお父さんに注文をお任せした。するとまあ出て来る出て来る、餃子のエレクトリカルパレードかと思うほど。極めつきは、最後に登場した「ミステリー餃子」。突然、個室の照明が消え、暗くなった室内にＬＥＤが仕込まれた餃子鍋が湯気を上げて登場。「運がよければ、どれかひとつの餃子に真珠が入っています」とお父さん。ええーっ⁉　ほ、ほんとに？と緊張のあまりなかなかのみ込めない。結果、誰が食べた餃子にも真珠はなかった。「きっとのみ込んでしまったんでしょう」とお父さんはにこにこ。餃子で客人をエンターテインするとは、西安人、あっぱれである。

シリーズ・カレー

そういえば、ここまであまりカレーライスのことを書かなかった。というか、ひょっとすると、まだ一度も書いていないんじゃないか、ということに、いま気がついた。なぜだろう。「カレー」とキーで打っただけで、なんとなくお腹が減ってくるのに。「カレー」と考えただけで、なんだかほんのり幸せな気分になるのに。カレーのことこそ、「やっぱり食べに行こう」といつも思っているのに。なんたる落ち度だろう。これじゃあカレーに申し訳がたたない。すみません！

ということで、決心しました。ええ、ここから五回連続で「カレー」で書かせていただきます！

例によって前段長くなってしまったが、要するに私、かなりのカレー好きなのである。いまやカレーは、寿司、ラーメンとともに日本人にとって三大ソウルフードと言っても過言ではない。ラーメンもカレーも出自は日本ではないものの、すっかり日本人の舌になじんで、日本ならでは、という進化を遂げた。

カレーの優れているのは、どんなところで食べてもそれなりに「おいしい」と感じられるところ。寿司やラーメンはそうはいかない。このふたつは、おいしいかそうでないかははっきり表れる。しかしカレーはどうだ。ホテルのレストランでサーブしてもらって食べる高級カレーも、街中のチェーン店のカレーも、蕎麦屋のカレーうどんでさえも、「いまカレーが食べたい」と思って注文する、その要望にちゃんと応えてくれる味ではないか。もっと言うと、市販のルーを使って自宅で作るカレーも、それなりにおいしいではないか。

よく考えてみると、これはすごいことである。なぜなのか。スパイスのなせる業なのだろうか。解き明かしたい、しかしそんなことをしてるあいだに原稿を書かなくちゃいけない。どうしたらいいんだ、教えてカレーの神様！

と、やにわにカレーが食べたくなって、東京の仕事場の近所にある老舗カレー店「共栄堂」へ出向く。この店の創業は大正十三（一九二四）年というから驚きだ。なんでも、カレーに関してはあの新宿中村屋よりも古いらしい。えっ、てことは、日本最古のカレー屋と言えるのかも？　しかも現役でいまだにランチタイムには長蛇の列ができる。

さて、この店の名物が何かというと、その名も「スマトラカレー」。なぜスマトラか？そもそもスマトラってどこだ？と解説しようと思ったら紙面が尽きた。そんなわけで「シリーズ・カレー」は次項へ続く。

スマトラカレー

さて、シリーズ・カレー。まずは「カレーの聖地」（と一部のカレー好きのあいだで呼ばれているらしい）神保町にある超老舗・共栄堂へやって来た。大正十三（一九二四）年創業、なんと今年（二〇一七）開業九十三年！　カレーライス一筋に九十三年間営業を続けているなんて、世界的にみても珍しいんじゃないだろうか。いや、ほんとに。

そして、共栄堂の名物は「スマトラカレー」。ただのカレーじゃなくて、「スマトラ」が枕に付いている。ここがポイントである。よくあるインドカレーじゃなくて、スマトラカレー。インドはもちろんわかるけど、スマトラってどこにあるんだろう？　まずはそこからチェックしなければなるまい。えーと、スマトラ、スマトラ……。おお、スマトラとはインドネシア共和国の島なのか……とようやく知った。不勉強を深く反省。

それにしてもなぜまた九十三年もまえにカレーライスを、それもスマトラ由来のカレーにフォーカスしたのだろうか。

共栄堂のホームページをのぞいてみると、初代店主が南洋の風俗に詳しい伊藤友治郎なる人物にスマトラカレーのレシピを教わり、それを日本人の口に合うようにアレンジして売り出したのが始まりだったようだ。一九二〇年代といえば、モボ（モダンボーイ）・モガ（モダンガール）と呼ばれるハイカラな若者たちが、東京で街遊びをしていた時代である。新しいもの好きの人々に、スマトラカレーは愛されたのだろう。

もっとも驚くべきことは、九十三年まえのレシピをほとんど変えることなくいまに伝えて、なおも人気を誇っているということだ。

ランチタイムに共栄堂に行くと、ずらりと行列ができている。しかし、憂うことなかれ。この店、ものっすごく回転が早いことでも有名なのである。その秘訣は「相席」。問答無用で相席なのである。大テーブルなどではなく、普通の四人席での相席なので、見知らぬ人の顔が目の前にある。そりゃ気まずい……と憂う事なかれ。注文したカレーはまたたくまに出てくる。しかし食べるのに時間がかかるのでは？　いやいや、これまた憂うことなかれ。辛過ぎず、熱過ぎず、そしてうま過ぎるカレーは、あっと言う間に食べ終わってしまう。

秘伝のソースには二十数種類のスパイスと、形がなくなるまで煮込んだ野菜、肉のうまみが凝縮されて……なるほど、九十余年も愛され続けるのには様々な理由があるのだ。

カレーの聖地

カレーの聖地、東京・神保町には、まだまだ各店に名物カレーが待ち受けている。逆に言えば、この町は日本有数の「カレー激戦区」ということができる。老舗有名店がしのぎを削るこの合戦場に、新規参入を目論む猛者がいるのであれば、その腕前をとくと味わわせてもらおうではないか。

と書きつつ、まずは、ずっと行きたいと思いながらなかなか入ることがかなわなかった憧れの老舗の門を叩いてみることにする。

その店の名は「まんてん」。日本カレー道（というのがあるのかどうかわからないけど）の総本山と目されているらしい（おそらく）。カレー愛好家であれば、一生に一度はこの店の引き戸を開け、コの字型のカウンターに座り、正々堂々「全部のせ」の一騎打ちを申し入れるのが正しい道といわれているらしい（たぶん）。

この店で待ち受けているのは、カレーの武者たち。「並カレー」「ジャンボカレー」

を基本に「かつカレー」「コロッケカレー」「シュウマイカレー」「ウィンナーカレー」。いずれ劣らぬ凛々《りり》しき顔ぶれである。中でも総大将は究極のメニュー「全部のせ」。なんとカツとコロッケとシュウマイとウィンナーがライスの上に勢揃いし、ほかほか、じゅうじゅうと鬨《とき》の声を上げている。これはもう尋常ならぬボリュームとカロリーであることは容易に想像できる。

私はさまざまなカレーブロガーのブログをネットでチェックし、この「全部のせ」に対するうれしい悲鳴とも畏怖ともとれるような称讃が多々見受けられるのを確認し、「食べてみたい。いや食べられるはずがない。残したら負け戦になる。だったらせめて誰かが挑んでいるところに遭遇したい！」と思いを募らせた。

ついにガマンできず、かつてラガーマンでいまは広告代理店のバリバリ営業マンの友人Y君をとっつかまえ「出陣しないか？」と誘ってみた。彼は無類のカレー好き。「いいですよ、行きましょう」と立ち上がってくれた。おお、頼もしき朋友よ……！

さて「まんてん」だが、知る人ぞ知る、だけど知らない人は絶対知らないような場所にある。が、私たちはカレー好きのレーダーを働かせて（スマホのナビに導かれて）、難なく店にたどり着いた。店の前のショーケースにはカレーのサンプルがずらりと並んでいる。かつカレーにウィンナーカレーに……。これがノスタルジックで好感度急上昇。

さて、いよいよのれんをくぐる。そこで私たちを待ち受けていたのは……？

全部のせカレー

カレー界のエベレストともチョモランマともいわれている（つまり最高峰という意味だが）その名も「全部のせカレー」の正体は、「まんてん」特製カレーの上に、かつとコロッケと揚げシュウマイとウィンナーがのっているという、考えただけでもお腹いっぱいな魅惑のカレーである。

その山はいかにも高く険しく厳かである。私ひとりでアタックするのは難しかろう。しからば、シェルパの力を借りよう……ってことで、友人Y君を同伴しての挑戦となった。

東京・神保町の街角にひっそりと「まんてん」はあった。引き戸をカラカラと開けていざ入店。入ってすぐ、コの字型カウンターがあり、ずらりと先客が並んでいる。中年男性、男子高校生、体育会系男子大学生、カレーマニアっぽい男性……みごとに女子率○％である。私が唯一の女性客。責任重大である。何の責任かわからないけど。

カウンターの内側には、店の主人とおぼしき男性が実にキビキビと立ち回っている。完全なオープンキッチンで、ご飯もカレーも熱々の揚げ物も、すべて客の目の前で主人がキビキビと作り、盛り付ける。そのムダのない動き。彼の働きぶりをひと目見たとたん「これは名店だ！」と直感した。

　カウンターに座ると、意外な展開が私たちを待っていた。目の前にさっと出されたのが、スプーンが突っ込まれた水入りのコップと、アイスコーヒーだったのだ。これには意表を突かれた。スプーンが突っ込まれた水入りコップだけでもじゅうぶんはっとさせられたが、アイスコーヒーである。しかも食前に。しかもミルクなしの微糖。こんな展開を誰が想像しただろうか。

いやちょっと待て、驚かされている場合じゃない。私たちにはチョモランマをアタックするという重要なミッションがあるではないか。さあ、勇気を振り絞って、いざ……と、Y君が壁に貼ってある手書きのお品書きを眺めて一言。

「『全部のせありません』って書いてありますよ」

なぜかはわからない。が、全部のせは「中止」されていた……無念っ。

仕方あるまい、私はウィンナーカレーを注文した。素揚げされた真っ赤なウィンナーがのせられた、幸せの黄色いカレー。ノスタルジックなおふくろの味は、癖になるおいしさ。必ず再びアタックしよう。

バスセンターのカレー

日本全国津々浦々、どこへ行ってもかならずあるのがラーメン屋と蕎麦屋。そしてどこかで必ず目にするメニューがカレーライス。「カレー屋」と称するところは必ずしも多くないが、カフェや定食屋やファミリーレストランに行けば（ときどき蕎麦屋にも）カレーライスはきっと私たちを待ってくれている。

旅先で楽しみなランチだが、宿泊先のホテルのバイキングで朝食をお腹いっぱい食べちゃったから、お昼はお腹にもお財布にも負担をかけないものが食べたいな、というのが旅人マインド。私もたいてい軽食にするが、蕎麦やラーメンで有名な場所でない限り、昼のチョイスはだんぜんカレー。蕎麦やラーメン同様、いまや日本人のソウルフードとも言えるカレーをその土地の味で食べてみたいというのが、カレー好きのマインドなのである。

旅先で食べたカレーについて反芻《はんすう》していて、そういえばいろんな意味で「イレギュラーなカレー」を食べたことを思い出した。つまり「普通じゃないカレー」である。どう普通じゃなかったか、四つ挙げられる。①食べた時間。これがランチではなく朝だった。最近は「朝カレー」も人気だと聞いたことがあるが、私にとってカレーは昼食べるもの。朝にカレーを食べたのは初体験だった。②場所。信じ難いことだが、そこはバスターミナルだった。しかもターミナル内の食堂などではなく、バスがバンバン発着する「バス停」の前。つまり（ターミナルだから屋根はあるが）外である。③食べ方。立って食べた。テーブルも椅子もない。が、カウンターのような台がバス停の前にある。このカウンターにカレーを置いて、立ち食いカレー。これまた初体験。④名前。その名を「バスカレー」という。「インドカレー」とか「キーマカレー」とかじゃない。「バス」と「カレー」の驚くべき合体である。どこをどう繋げたらバスとカレーが結びつくのか。が、これ以上のネーミングはあり得ないほどハマっている。だってバス停で食べるんだから、ほかに言いようがないじゃないか！

この異例づくしのバスカレー、新潟市のバスセンターの立ち食いコーナーの名物で、朝八時から営業している。昼前に新潟から移動しなければならなかった私は、どうしても食べてみたくて朝一番で行ったのだった。黄色すぎるほど黄色いカレーのルーに、真っ赤な福神漬けが目にしみる。ディープなカレー体験だった。

友の手料理

私は、岡山市内の私立女子高校を卒業してから兵庫県西宮市にある関西学院大学に通っていた。だから、いまだに京阪神に知己友人が多く、平均すると月に一度くらいは関西方面に出かけている。

大阪には、私のとっておきの定宿がある。といってもホテルでも旅館でもなく、友人の家だ。いつもあわただしく走り回っている私に、くつろげる部屋と寝心地よいベッドと素朴ながらとびきりおいしい手料理を提供してくれる私の友、通称つんちゃん。岡山の中学校時代からの古い友人である。

つんちゃんは、それまで住んでいた神戸から岡山へ中学二年生のときに引っ越してきた。私の隣のクラスの転校生だったが「とても絵がうまい転校生」ということで評判になった。その頃、私はかなりマセた十四歳で、絵と作文が何より得意な少女であった。「自分は他の人とは違う」とちょっと斜に構えているような（十四歳に顕著なこの手の思い込みの激しさは、いまでは「中二病」と呼ばれているらしい)。「どんな絵を描くんだろう」と好奇心をがまんできずに声をかけたのが、私たちが友だちになったきっかけだった。気がつけばかれこれ四十年以上も彼女との交流は続いている。

もちろんつんちゃんは絵がうまい。それだけでなく、とても器用で、裁縫や編み物もささっとできる。そんな彼女は「物撮り写真」のスタイリストを長らくやっている。カタログやネット通販のために洋服や雑貨を撮影するとき、生き生きとセンスよく撮れるようにコーディネートしたり配置したりするのが仕事である。普通に見たらなんてことなさそうなシャツでも、彼女がアイロンをかけて中にちょこっと綿を入れて動きを作れば、たちまち「これ、欲しい!」と思えるような逸品に変わってしまうのだから驚きだ。

そんな彼女だから、大阪市内にある自宅マンションはとても居心地よく演出されている。私が「泊めてー」と声をかけると、いつも歓迎してくれ、手料理を準備して待っていてくれる。彼女の十八番は「地中海ライス」。二十代の頃にアルバイトしていたイタリアンカフェのオリジナルメニューだ。ガーリック風味のトマトソースで魚介類を煮込み、それをほかほかの白いご飯にかける。パスタではなく白いご飯が決め手なのだ。「イタリア丼」とでも呼びたくなるこの一品は私の大好物。「地中海ライス作ろっか？」「うん、食べたい！」と、いい年になっても十四歳の頃のまんまのふたりなのである。

たこ焼きパーティー

引き続き、中学二年生からの友・つんちゃんと、彼女が住む大阪グルメの話である。私たちは、岡山の高校をそれぞれに卒業後、私は兵庫県西宮市にある大学へ進学し、つんちゃんは大阪市内にあるグラフィックデザインの専門学校に入学。私たちは一時期、西宮市内にあるアパートのシェアメイトでもあった。最寄りの駅は、阪急西宮北口。三ノ宮（神戸）と梅田（大阪）のあいだにあって、どちらへも特急でアクセスできる。ゆえに、私たちはもっぱら三ノ宮か梅田で遊んだものだ。特に食事は大阪。安くておいしい店が「これでもかッ！」というほどある。

その頃の食事といえば、高級なレストランなどに行けるはずもないから、もっぱらB級グルメ。大阪名物のお好み焼き、たこ焼きを食べ歩いた。大阪人の「粉モノ」好きは有名だが、大阪の街なかのお好み焼き店、たこ焼き店の多さには瞠目させられる。そして、ちょっとした街角に「たこ焼き」の看板をみつけると、いまでも吸い寄せら

れるように近づいてしまう私である。好みの店のたこ焼きを買って、はふはふ言いながらその場で食べる喜びは何にも勝る。

が、私が大阪で「ここがベストワン！」と密かに太鼓判を押しているたこ焼きは、実は店ではなく、とあるグラフィックデザインの会社内で食べられる。いや別に、たこ焼きの看板を専門に作っている会社ではない。つんちゃんの二大趣味、フライフィッシングとサイクリングの仲間である通称ジュンジュン社長が経営するれっきとしたデザイン会社「シェルター」である。

七年ほど前、つんちゃんが「たこ焼きパーティーに参加しよう」と誘ってくれたのがきっかけで、私は大阪に来るたびにつんちゃんとともにシェルターに立ち寄るようになった。目的は社員の皆さんに会うことと、たこ焼きパーティーに参加すること。そう、ここでは毎月社員の誕生日だのなんだの、あれこれ理由を作ってはたこ焼きパーティーをしているのだ。事務所には使い込まれたたこ焼き器（ホットプレート）が二台あり、社員総出でたこ焼きを作る。具材を刻み、粉をとき、型に流し込み、ひょいひょいと手際よくひっくり返してリズミカルに焼いていく。その間、おしゃべりがとだえることはない。この会社、社員の皆さんが和気あいあいとしていて、とても気持ちがいい。もちろん、できたてのたこ焼きのおいしいことといったら！　たこ焼きのおいしいデザイン会社。ね、大阪っぽいでしょう？

ねこたつみかん

超絶晴れ女を自負する私が、一月末、観測史上最大級の寒波が押し寄せた九州・福岡で、ありえないほどの猛烈な吹雪に見舞われてしまった。

福岡市美術館で開催中の「モネ展」で記念講演のご依頼をいただいていた。同館の学芸員の山口洋三さんと奥様の京《みやこ》さんとは家族ぐるみのお付き合いをしている。そんなこともあって、「講演会の前日にはぜひ我が家に泊まってください」とお誘いくださった。

私は、仕事でもプライベートでも、福岡へ行くたびに山口家にお邪魔している。山口家のなんともなごむ雰囲気が大好きなのだ。山口夫妻とともに、高校生の息子さんと中学生の娘さん、そして四匹の猫たちがあたたかく出迎えてくれる（猫たちは見た目にあたたかい感じがするだけだが……）。

京さんはご主人同様、以前美術館の学芸員を務めていたアート心たっぷりのとてつもなく楽しい人なのだが、とてもユニークなビジネスをしている。ネットショップの猫本屋「書肆吾輩堂《しょしわがはいどう》」を運営しているのだ。古今東西の猫にまつわる古本とグッズをネットで販売、福岡市内に実店舗もオープンして、ものっすごく熱い猫ファンの心をがっつりつかんでいる。そんなわけで山口家の猫たちは「社長」「部長」「店員」と呼ばれ、吾輩堂のウェブサイトで愛嬌をふりまいている。

さて講演会前夜、雪が降りしきる中、山口家を訪れた。山口さんは心配そうな顔で「ひょっとすると明日、悪天候で美術館が閉館になるかもしれません」と言う。そうなっては講演会も何もあったものではない。晴れ女伝説もこれまでか、ううむ……。

しかし猫店員たちは、人間たちの心配などまったくどこ吹く風で、ストーブの周りに集って「ストー部」絶賛部活中、ぬくぬくとしている。猫たちの様子を眺めていると、くよくよしてもしょうがないという気分になってきた。ここはひとつ溜まった原稿を書きつつ様子見しよう。

……という私の心情を見抜いたかのように、京さんがとっておきの「書斎」を準備してくれた。「ねこたつみかん」である。山口さんのご実家の長崎から送られてきたそれはそれは甘いみかんがこたつの上にこんもり。熱々のお茶、そして膝の上には猫。外は雪。これぞ正しい日本の冬の過ごし方。ああ、至福の時。

雪はどんどん降り積もり、ついに吹雪になった。しかし美術館は果敢に開館、大勢の方々が吹雪にも負けず講演会に来てくださった。特別にあたたかい冬の福岡の思い出。ねこたつみかんが今も恋しい。

ホイル焼き

この頃、日本の冬は異常気象が続く。九州に大寒波が押し寄せたとき、ちょうど福岡に行っていた私は、ほんとうに日本はどうなってしまったんだろう?と心底思った。私が暮らす信州の蓼科では、この冬はなかなか雪が降らず、一月になってようやく降ったかと思ったらあまり積もらなかった。一方で、東北や北海道では豪雪だという。世界的に見れば確実に温暖化しているのだろうが、局地的な異常気象というのも、結局は温暖化の影響であるとの話も聞く。

ところがバレンタインデーは本州の広い範囲で「いまってほんとに二月だよね?」と誰かに尋ねてみたくなるほど暖かな日となった。なんでも東京では二十度を超えたとかで、テレビのニュースではコートを着込んだ男性が「暑い、暑い」と汗をかいている様子が映し出されていた。

蓼科も驚きの暖かさで、日中はなんと十六度になった。春の訪れを飛び越えて一気に五月。多少残っていた雪もみるみる溶けて、地面があらわに。春がきた！と喜びたいところだが、まだ二月中旬だし、すなおに受け入れられない複雑な気分。

　そんな「ぬるい蓼科」に、外国から友人がやってきた。スイスのバーゼル在住の建築家・ドナルドとは、私が美術館に勤務していた時代から続く仲。『楽園のカンヴァス』の執筆取材のためにバーゼルを訪問したときはずいぶんお世話になった。今回は十年ぶりの来日で、成田に到着後、電車を乗り継ぎ蓼科まで来てくれた。聞けば、バーゼルも今年は雪がなく暖かな冬なのだそうだ。

　遠路はるばる訪ねてくれた友を、我が家のとっておきのディナーでもてなした。その名も「ストーブホイル」。なんのことかと言えば、野菜や肉や魚介類をホイルで包み、薪《まき》ストーブの中に入れて、三分経ったら出来上がり！という、いとも手軽なホイル焼きである。要するに、焚き火で焼き芋を作る要領である。これが結構おいしく、楽しいのだ。

　タマネギ、キャベツ、ピーマン、もやし、トマト。ベーコン、カルビ肉、エビ、たら、ホタテ。もち、厚揚げ、納豆などなど、皿の上にずらりと並べる。これらを好きなように組み合わせ、ネギやショウガのトッピングに、バター、オリーブオイル、ごま油、ラー油、醬油などで味付けし、ホイルで包んで、ストーブの炎の中にぽいっ。たった三分で熱々の蒸し焼きになる。「アメージング！」と大喜びのドナルド。やっぱり冬はストーブだよね、とやせ我慢のバレンタイン・ナイトだった。

コロッケサンド

私が大好きな映画のひとつに「かもめ食堂」（荻上直子監督）がある。フィンランドのヘルシンキで、小林聡美さん演じる日本人女性がカフェを営む物語なのだが、その中に登場するメニューがどれもこれもおいしそうで、映画を見ながらお腹が空いて困ったものだ。

この映画は大ヒットして、舞台となったヘルシンキを「ロケ地巡り」するのがちょっとしたブームになったほどだった。なぜそんなことを知っているかというと、かく言う私が「かもめ食堂巡礼」をしたひとりだったからである。だってどうしても行ってみたかったんだもの。

映画に登場した市場や書店やカフェを訪ねると、どう見ても私と同じ目的で訪ねているとしか思えないひとり旅らしき日本人女性の姿がちらほら。（あなたも来たんだ）（うん。私も来ちゃった）（お互い、ひとり旅を楽しもうね）（ね）と、会話を交わさ

ずとも目配せして微笑み合い、「かもめ巡礼」を黙認し合う。日本人女性の奥ゆかしさがしみる旅だった（いちおう自分もその仲間にちゃっかりカウントしてます）。

その後、製パン会社のコマーシャルに、確か映画そのままの設定で小林さんと「かもめ食堂」らしき食堂が登場した。このCMのことをいまでもときどき思い出す。なぜなら、CMの中で作られたコロッケサンドがあまりにもおいしそうで、その後、何度か再現しようと試みたからだ。

以下、映像はうろ覚えなのだが、食堂で小林さんがなにやら調理中。トーストした食パンに揚げたての熱々のコロッケと千切りキャベツをはさみ、包丁でさっくりとふたつに切る。そのときの「サクッ」という音が忘れられない。パンもコロッケもサックサクでなければ、あんな音は絶対に出せない。なんておいしそうなんだろう！と、自宅でコロッケを揚げ、トーストに挟んでカットしてみたこと数回。あの「サクッ」がなかなか出せない。味はまあ悪くない（というか案外おいしい）のだが、あの「サクッ」を出してみたいのだ。

あるとき、コロッケサンドに思いを巡らせているうちに、何があの音を演出しているのかようやく気づいた。包丁とまな板である。手入れの行き届いたよく切れる包丁と、やわらかにそれを受け止める清潔な木のまな板。そうだ、そうだったんだ！と突然思い立って、憧れの刃物店、京都の「有次《ありつぐ》」で鉄製の包丁と白木のまな板を購入。これであの音を出せる！と思いつつ、コロッケを揚げる時間がなくて……まだ実現に至らず、なのであった。

「おいしい！」を探しに

　パリ在住の日本人カップルに、新しい命が誕生した。本書中で登場した私の友人夫妻。父となったのは渥美創太さん。二〇一九年九月に待望の自店となるガストロノミー「メゾン」をパリにオープンした。母となったのは明子さん（通称あきちゃん）。パリのリトグラフ工房「Ｉｄｅｍ《イデム》」のディレクターとして世界中から集まってくる現代アーティストのリトグラフ制作に尽力してきた。パリのクリエーティブな現場でそれぞれに活躍するふたりは、まさしく世界でがんばる日本の若者代表である。

　パリを舞台にした小説を書き続けるためにパリ通いをしている私は、彼らの存在にいつも励まされてきた。彼らがきらきらと輝きながらがんばっている姿を見るにつけ、日本の若者も捨てたもんじゃない、私も（もう若者じゃないけど）がんばろう、と気持ちを新たにした。日本からパリへやって来る友人知人を、ことあるごとに以前創太さんがシェフを務めていた「ル・クラウン・バー」と「Ｉｄｅｍ」へ連れていき、日本とフランスのクリエーションが見事に引き立て合い、融合している現場を見てもらった。

そのふたりに赤ちゃんが誕生した。ちょうど私がパリに滞在中で、明日には帰国するというタイミングだった。所用あって地方に出かけていたのだが、女児誕生の報せに私は躍り上がった。大急ぎで帰ってくると、大急ぎでおにぎりとタケノコの土佐煮を作って、病院に駆けつけた。

創太シェフとあきちゃんのもとで、赤ちゃんはすやすやと眠っていた。その隣で、大仕事を終えたあきちゃんはさすがに疲れた様子。私は「お疲れさま。おにぎり作ってきたよ」と、差し入れを手渡した。あきちゃんは病院で出された夕食を食べたばかりだったのに、思い切りおにぎりをほおばり、「おいしい……」とつぶやいた。その一言は、心の底から湧き上がったように私には聞こえた。横から創太シェフの手が伸びて、彼も思い切りおにぎりをほおばった。そして一言。「うまい！」

世界中を旅して、あれこれ食べて、「おいしい！」を連発してきた私。その言葉の持つあたたかさ、喜びを忘れずに、これからも旅を続けよう。「おいしい！」を探しに、今日も明日も、やっぱり食べに行こう。

あとがき

いったいいつ頃からだろう。日本人が「グルメ紀行」なるものを始めたのは。「そんなのフツウのことなんじゃないの？」と思われるかもしれないが、私が子供の頃には、旅行というのは観光スポットを訪れることであって、けっして「あの土地のあれが食べたいから旅行に行こう」とはならなかった。

観光スポットの近くにある食堂（そう、それはレストランとかカフェとかではなく、食堂と呼ぶ以外にはなんとも呼べないほど由緒正しき食堂だった）に家族揃って入る。これがデパートの食堂だったら少女の私が即決で注文するのはただひとつ、「お子様ランチ」なるものだったが、そんなこじゃれたものが品書き（メニューではなく品書き）にはない食堂では、母が頼んだ湯麵《タンメン》を小さいお椀に分けてもらい、フーフーして食べたものだった。

父はとんかつ定食をわっさわっさと食べ、兄はオムライスの卵焼き部分とケチャップライスを「もったいないから」別々に食べる。そんな兄をうらやましいと思いつつ、母に分けてもらう湯麵はほどよく冷めて（子供の頃はさすがにあっつあつでは食べられなかった）おいしかった。

家族で出かけた観光地がさてどこだったか、いまとなってははっきり覚えていないけれど、そしてどんな食堂だったかも定かではないけれど、家族で小卓を囲んだ光景はいまもありありと蘇る。日本は高度成長期で、お父さんはせっせと働き、お母さんは家事育児に精を出し、子供たちは空き地を走り回って遊び、ケンカしてもすぐ仲直りした。夏休みが近づけば、家族で旅行に出かけるのを指折り数えて待ったものだ。

昭和から平成の世に移り、日本はより豊かな時代を迎えた。交通網が整備され、行きたい場所をネット検索で瞬時に調べることができる。「あれを食べるために、あの場所へ行く」ことがとても簡単な時代になった。家族揃って観光地に行かなくたって、ぶらりとおいしいものを食べに、ひとりで週末出かけることも難なくできる。グルメの記録はその場でSNSにアップして、似通った嗜好の無数の人々と共有すれば、孤独も感じない。いい時代になったとつくづく思う。

私だってそうだ。西にイタリアンの名店があると聞けば飛行機に乗って飛んでいき、東にそば打ち名人がいると聞けば電車を乗り継いで食べにいく。誰かと一緒の場合もあれば、ひとりのこともある。仲間でワイワイ行くことも。いったい、どうしてこれほどまでにグルメの磁力に引かれてしまうのだろう。

あちこちを旅しながら「おいしい！」に出会い、「おいしい！」を探しにまた旅をする。なぜか。それは、昔もいまも「おいしい！」は私たちの共通言語、大好きな言葉だから。

このひと言を親しい人たちと、そして読者の皆さんと分かち合いたくて、私は旅に出た。そしてこのエッセイを書いた。心からの「おいしい！」があなたのもとに届いたならば、私の旅の目的は果たされたと思う。

ちょっと疲れたなあ、とか、気分を変えたいなあ、とか、そんなとき、私は、この本のタイトルをおまじないのように心の中で唱えて元気を出している。最後に、あなたとシェアしたい。

ね、やっぱり食べに行こう！

原田マハ

二〇一八年初夏　パリにて

本書は二〇一八年五月に小社より刊行されました。
初出　毎日新聞「日曜くらぶ」
二〇一五年七月五日～二〇一七年七月三〇日

もう一度あとがき

初対面の人と話をするとき、「ご出身はどちらですか？」と尋ねることがよくある。そう聞かれれば、多くの人は「○○です」と即座に答えてくれる。そんなとき、その人の様子からは、なんとなくこそばゆい感じとか、あったかい感じがにじみ出る。なぜ私が初対面の人に出身地を尋ねるのかといえば、その人の面映《おもはゆ》そうな様子を見るためではない。その人と私のやりとりは、おおよそこんな感じになる——。

私「ああ、鹿児島ご出身なんですね。いやー、鹿児島。いいところですよねえ。何がって、おいしいものがたくさんあるでしょ」

その人「えっ、鹿児島の名物、ご存知なんですか？」

私「知っていますとも。鹿児島ラーメン、黒豚のしゃぶしゃぶ、キビナゴのお刺身……いやしかし、なんと言ってもかき氷の『白熊』！　しかもコンビニで売っているやつじゃなくて、『天文館むじゃき本店』の！」

このやり取りで、たいがいの人ははにかみ笑いから一気に特大の笑顔に変わる。そう、ご当地グルメを会話に盛り込めば、話す相手を喜ばせることができ、話しながら私もほのぼのと幸せな気分になり、そしてやっぱり食べに行きたくなるのだ、その土地へ。

　誰だって自分の生まれた場所や、旅した場所に対して特別な思いがある。そして誰だっておいしいものが大好きだ。もちろん、私も。

「旅」と「グルメ」をセットにして（そして多くの場合、アートや温泉がそれに加わりつつ）、私が諸国漫遊するようになってずいぶん経つ。

　色々なところを訪れ、色々なおいしいものとの出会いがあった。本書に登場させなかったもの、本書が完結してから食べる機会を得て「やられた！」と思わず膝を打ったものも、まだまだたくさんある。

　土地の数だけおいしいものがあり、旅するごとに新たな出会いがある。おいしいものに元気をもらい、それは旅のよき思い出となる。旅から帰れば、「あれ、おいしかったなあ……」と、ときおり思い出しては幸せな気分に浸る。また行こう、と次の旅への希望となり、大いなる活力になる。旅もグルメも、人生においてとくだん大げさなイベントではない。けれど私たちはこのふたつに生きる力をもらっているのだ、とつくづく思う。

　二〇二〇年初頭、誰もが想像もしなかった未曽有の災厄が世界を覆い尽くした。新型コロナウイルスのパンデミックである。

目に見えないウイルスの蔓延は私たちの生活を一変させた。多くの人々が外出自粛を余儀なくされ、県境をまたいだ移動の制限、飲酒を伴う食事や大人数での会食を控えること、さらには飲食店に営業の自粛までが政府によって要請された。つまり、不要不急の外出や外食をしづらくなってしまったのだ。客足が遠のいた飲食店が陥った苦境は筆舌に尽くし難かっただろう。閉店を余儀なくされた店もあった。

私は自宅にこもりきりで、どうすることもできず、この困難な状況がゆき過ぎるのをただただ待つほかはなかった。きっと多くの人々が同様だったと思う。旅もできない、帰省すらできない、故郷の両親に会えない、家族団らんもかなわない、恋人同士、友人同士、上司や同僚との飲み会もできない。苦肉の策で「リモート飲み会」なんていうのも登場した。

皆、必死だった。この困難を世界中の人々が共有し、乗り越えようと頑張った。けれど先が見えないパンデミックは、この原稿を書いているいま現在、まだ終結したとはいえない。

それでも、少しずつ、手探りではあるものの、状況は徐々に改善されつつある。まだまだ予断は許されないが、感染防止対策をとりながら、私たちは一歩ずつ前進を始めている。

出かけられなくなって、おいしいものに出会いに行けなくなって、考えたことがある。

食べることは、すなわち生きることであり、食べに行くことは、よりよく生きることなのだ――と。

旅は、計画して準備するときにもう始まっている。どこに行こうかな、とネットや雑誌で調べ、その土地にまつわる本を読み、新しい服を買い、電車や飛行機のチケットを予約する。旅の前夜、目覚ましアラームを忘れずにしっかりかけて眠りにつく。目覚めてから、あわただしく準備しながらも、出かけるまえに味わう一杯の「熱々の」コーヒー。玄関には履き慣れた靴がスタンバイしている。

夏空に入道雲が湧き上がるようなわくわく感。ドアを開けて、鍵をかけて、さあ出かけよう――と歩き出す、あの瞬間。

どんな出会いが待っているんだろう。どんなおいしいものをみつけるだろうか。出かけること、食べること。それは、幸せになることにほかならない。

本書の最後に、いま現在の私の小さな夢をあなたに教えたい。

いま、あなたはどこかにいて、本書を読み終わろうとしている。自宅か、職場か、はたまた通勤電車の中か。けれどいつか、世の中が落ち着いてから、本書を携えて旅に出てくれたら嬉しい。

世の中はまだまだ不穏な空気に覆われている。以前ならできたことが、いまはなかなか難しくなってしまったこともある。けれどいつか、人類が、私たちが、この困難を克服する日が来たならば。

本書とともに、出かけてほしい。ずっと行きたかった場所へ旅する、なんていうのもすてきだけど、遠くじゃなくてもいい。近所のお気に入りの喫茶店で、おいしいコーヒーを飲みながら、とか。それだって立派な「お出かけ」だから。そして、あなたが幸せになるために出かける、そのバッグの中に本書がちょこんと入っている。その日を夢みて、私もまた、その日が来たら出かけようと思う。

ね、やっぱり食べに行こうよ。元気になるため。生きるため、幸せになるために。

二〇二一年　初秋

原田マハ

原田マハ（はらだ・まは）

1962年東京都生まれ。関西学院大学文学部日本文学科および早稲田大学第二文学部美術史科卒業。馬里邑美術館、伊藤忠商事を経て、森ビル森美術館設立準備室に勤める。森ビル在籍時、ニューヨーク近代美術館に派遣され同館にて勤務。その後独立し、フリーのキュレーター、カルチャーライターへ転身。2005年『カフーを待ちわびて』で日本ラブストーリー大賞を受賞し、06年作家デビュー。12年『楽園のカンヴァス』で山本周五郎賞、17年『リーチ先生』で新田次郎文学賞を受賞。他に『ジヴェルニーの食卓』『暗幕のゲルニカ』『たゆたえども沈まず』『常設展示室』『美しき愚かものたちのタブロー』『20CONTACTS』『風神雷神』『〈あの絵〉のまえで』『リボルバー』などがある。

毎日文庫

やっぱり食《た》べに行《い》こう。

第1刷 2021年11月5日
第9刷 2024年5月20日

著者 原田《はらだ》マハ
発行人 小島明日奈
発行所 毎日新聞出版
〒102-0074
東京都千代田区九段南1-6-17 千代田会館5階
営業本部 03(6265)6941
図書編集部 03(6265)6745
ブックデザイン 鈴木成一デザイン室
印刷・製本 光邦
 ISBN 978-4-620-21037-7